나의 아름답고 젊은 아내

N ederlands
letterenfonds
dutch foundation
for literature

이 책은 네덜란드 문학재단(The Dutch Foundation for Literature)의 번역지원금 지원을 받아서 출판되었습니다

토미 비링하 지음
이세진 옮김

나의
아름답고
젊은 아내

Een mooie jonge vrouw

그러나

여러 커플들이 만나서 저녁을 함께 먹을 때——서로 아직 데면데면한 부부 동반 모임 같은 데서——으레 나오는 화젯거리가 있다. "그런데 두 분은 어떻게 처음 만나셨어요?" 바로 이 질문 말이다.

남자와 여자가 서로 얼굴을 바라본다. "그 얘기는 당신이 나보다 잘할 것 같아." 여자가 말한다. 그래서 남자가 얘기를 꺼낸다. "그러니까 옛날 옛적, 아주 먼 마을에서……."

"곧이곧대로 듣지 마세요! 그냥 위트레흐트*에서 처음 만났어요. 7년밖에 안 됐고요!"

---

* 네덜란드 중앙에 있는 도시.

"알았어, 그럼 동화 같은 이야기는 그만둘게."

남편은 약간 실망한 눈치다.

"7년 전에 위트레흐트에서 있었던 일입니다. 카페테라스에 앉아 있었는데 어떤 아가씨가 거리에 나타났지요. 사실 거기는 자전거를 타면 안 되는 구역이었어요. 하지만 그 아가씨는 뭐든지 허용받을 수 있을 것 같은 여자였지요. 교통경찰들도 그때만은 한없이 너그럽더군요. 운전자들도 알아서 차를 세우고 자전거가 지나기를 기다려주고 말이에요."

"여보, 과장이 너무 심해. 난 그때 이미 스물일곱 살이었어. 아니, 스물여덟 살이었거나."

"이 사람은 그때 산악자전거를 타고 있었어요. 상체를 앞으로 살짝 숙이고 엉덩이를 든 자세로요. 사소한 부분이지만 그 자세가 아니었으면 내가 지금 이런 얘기를 하고 있지도 않을 겁니다. 그 엉덩이에서 모든 게 시작됐지요. 그 아가씨는 세상 음침한 거리에서 바로 그런 모습으로 내 앞을 지나갔어요. 금발을 휘날리면서, 엉덩이를 이렇게……."

"아, 알았으니까 됐어."

"당신이 나보고 얘기하라고 했잖아?"

모임에 속해 있던 다른 남자가 의자에서 일어난다.

"나도 그 엉덩이에 대해 좀 더 알고 싶어지네요!"

"라우! 주책 좀 부리지 마." 그 남자의 아내가 나무란다.

"그 아가씨가 행인들 사이로 사라지는 모습을 바라보면서 나는 생각했지요. '저 여자를 어떻게 다시 만난담?' 라우, 당신도 알 겁니다. 내가 무슨 말을 하는지 알 거예요. 어떤 여자를 쫓아가면서 마구 소리 지르고, 외치고 싶은 그런 마음. '당신, 누구입니까? 난 당신 없이 살 수 없어요. 결혼해줘요, 지금 당장!'"

"아, 음……." 라우는 말을 흐린다.

"그러다 몇 주 후에 카페 빌럼 I에 갔는데 이 사람이 그 카페 미국식 당구대 옆에 있더라고요. 이건 운명이다 싶었지요. 세상에, 이 여자를 또 만났어……. 일부러 찾지도 않았는데 또 내 앞에 나타났어. 이번에는 이 운명에 저항할 수 없어. 이 사람은 그때 어떤 여자 친구와 당구를 치고 있었어요. 그래서 그때도 그 자세, 그러니까 엉덩이를 쑥 뺀 자세로……."

"에드, 제발 그만해."

"나는 이 사람에게 다가가서 이름을 물어봤습니다. 이번에는 놓치지 않겠다고 단단히 작정했지요. 이 사람이 이름을 알려줬습니다. 거기까지는 좋았는데, 연락처는 알려주지 않더라고요. 알려주고 싶지 않다고 하더군요."

"당신이 취해 있었으니까."

"그래도 이름은 가르쳐줬잖아요?" 다른 여자가 묻는다.

"그 정도야 굳이 거절할 이유도 없잖아요?"

"어디서 굴러왔는지도 모르는 낯선 남자인데?"

"인상이 나쁘지 않았어요. 나이는 들어 보였지만 괜찮은 느낌이었어요."

"'나이는 들어보였지만 괜찮은' 느낌이라⋯⋯."

에드바르트는 가슴이 아픈 시늉을 했지만 사실 그저 시늉만은 아니었다.

"그냥 나보다 나이가 있어 보였다고 해두지. 당신을 생각해서."

"열네 살 차이지⋯⋯."

"한 살 빠졌어."

"나 이 얘기 계속해, 말아?"

그는 카페 종업원에게 전화번호부를 한 권 달라고 했다. 그러고는 전화번호부를 샅샅이 뒤지다가 한 페이지를 찢어내어 그녀에게 들고 갔다. 여자가 당구대 모서리 포켓을 노리면서 자세를 잡고 있었을 때 남자가 그녀의 이름을 불렀다. "이거, 당신 번호 맞아요?" 그는 당구대 위에 매달린 전구 아래 그 페이지를 펴놓고 이름 하나를 손가락으로 가리켰다. 여자는 재미있다는 표정으로 에드바르트를 바라보았다. "그럴 수도 있어요."

"좋네요, 뤼트 발타. 아주 좋아요. 정말 고마워요. 정식으로 초대할게요."

"기다릴게요. 그런데 당신 이름은 뭐라고 했지요?"

"에드바르트요. 에드바르트 란다우어르." 그가 쾌활하게 대답했다.

"못 당하겠어요, 에드! 전화번호부를 뒤질 생각을 했다니 장난 아니네요. 그런 게 진짜 배짱이지요." 라우가 감탄한다.

그는 술병을 들고 눈으로 잔들을 살핀다. 그러고는 에드바르트의 잔에만 술을 따른다.

"절박하니까 그런 행동이 나왔겠지요. 진심으로 이 여자 없이는 못 살 것 같다는 마음이었거든요. 방금 전까지 세상에 널린 게 여자였는데 갑자기 여자가 한 명밖에 안 남은 것 같은…… 그런 기분 알아요?" 에드는 보랏빛 입술을 하고서 아내에게 미소를 지었다. "단 한 번의 기회에 전부를 거는 기분. 나는 직감했습니다. 이 기회를 놓치면 문은 매정하게 닫히고 기적은 두 번 다시 일어나지 않을 거라고."

그의 이마가 번들거린다. 에드는 탁자 위에서 자기가 하는 말을 지휘하듯 손짓을 한다.

"좀 무섭지 않았어요, 뤼트?" 다른 여자가 묻는다.

"어머, 재미있는 말씀을 하시네! 아뇨, 왜 그런 생각을 하세요? 그렇게 허를 찔리면 오히려 기분 좋지 않아요? 자기가 원하는 바를 확실히 아는 직진남을 마다할 여자가 있을까요?"

"그렇겠지요, 아마도……." 그녀는 자리에서 일어났다. "라우, 접시 좀 치워줄래? 나이프와 포크는 그대로 두고."

그녀는 주방으로 가서 오븐용 장갑을 꼈다. 그날 오후 터키와 수리남 특산품을 파는 상점에서 그녀는 오크라*를 한 다발 집어 들고 요리조리 뒤집어 보았다. "현실적으로 행동하자, 클라우디아!" 라우가 외쳤다.

"하지만 그 부부는 채식주의자란 말이야! 나보고 어떡하라고!"

그래서 클라우디아가 준비한 요리는 오븐에 구운 채소를 곁들인 감자 그라탱이었다.

식탁으로 돌아온 라우가 묻는다. "뤼트, 당신은 에드가 나이들어 보였다고 했지요? 그럼, 에드는 어땠어요? 뤼트가 한참 어리다는 걸 알았어요?"

"내가 갈 때까지 얘기하기 없음!" 주방에서 클라우디아의 목소리가 들린다.

에드는 잠시 눈을 감는다. 큐대를 쥔 아가씨, 당구대를 비추는 불빛 아래 오르내리던 담배 연기. 그는 늘 아름다움 앞에서 꼼짝을 못 했다. 그냥 얼어붙어버렸다. 오래전, 시리아의 다마스쿠스에 있는 박물관에서 아피스Apis** 황소의 두 뿔 사이에

---

* 아욱과의 한해살이풀
** 고대 이집트, 특히 멤피스 왕조에서 신성시했던 황소 신.

있는 황금 원반을 봤을 때도 그랬다. 아찔하게 먼 옛날, 누군가가 그 황금 원반을 만들었을 것이다. 그의 손과 똑같은 인간의 손이 청동을 그토록 완벽하게 빚어냈을 것이다. 그는 아름다움이 사람을 아프게 할 수도 있음을 서서히 깨달았다. 아름다움 자체, 그 광채에 살이 에일 수도 있다는 것을.

에드가 눈을 뜬다. 젊고 아름다운 아내. "아뇨. 그 순간에는 몰랐습니다."

"몰랐다고요?"

"나는 그냥…… 정말 아름답다고만 생각했어요. 나이를 초월한 아름다움 말입니다."

그가 잔을 든다.

아내가 자기 손을 남편의 손 위에 포갠다. "여보……."

안주인이 냄비를 들고 나타난다. "남기지 말고 다 드셔야 해요."

"바로 먹지." 라우가 말한다.

클라우디아는 주방으로 돌아갔다가 다시 나타난다. 도와주겠다고 일어서는 사람은 아무도 없다.

"맛있어요, 클라우디아." 에드가 잠시 후 이렇게 말하면서 클라우디아를 향해 잔을 든다.

"정말이야, 여보. 성공했네!" 라우가 말한다.

"요리 솜씨가 정말 좋으시네요." 에드가 말한다.

"내 말이 그 말이야." 라우는 그렇게 말하면서 에드바르트에게 눈을 찡긋한다.

"그래서 그다음에 어떻게 됐어요? 둘이 만났어요?" 클라우디아가 묻는다.

카페에서 남자가 불쑥 다가와 말을 걸었던 날 밤에 여자는 그의 이름을 검색창에 쳐보았다. 국제적인 회합에 참석한 남자의 모습이 이미지로 주르르 떴다. 그는 얼핏 보기에도 바이러스학의 권위자 같았다. 그는 다른 사람들보다 키가 컸다. 여자는 턱수염이 그에게 잘 어울린다고 생각했다. 며칠 후, 여자는 우편함에서 초대장을 발견했다. 남자는 그녀에게 보트를 타러 가자고 했다. 그녀는 그날 바로 우편엽서로 답장을 보냈다.

남자가 노를 저었다. 여자는 선미(船尾)의 작은 벤치에 앉아 있었다. 물은 흐름이 거의 없이 잔잔했다. 들판이 차츰 숲으로 바뀌어갔다. 저마다 이름이 있는 오래된 키 큰 나무들. 이끼로 뒤덮인 둥그스름한 제방 사이로 보트가 미끄러져가는 동안, 녹음 너머로 근사한 전원주택들이 아른거렸다. 무단 정박이 금지된 사유지. 남자는 거기 사는 수수께끼 같은 이름의 가문들을 생각했다. 버틸 수 없었던 사람들, 가문의 역사와 소유물에 등골이 휜 사람들. 그들의 연대기가 축축한 벽에 낀 곰팡이에 새겨져 있었다. 그 가문들은 위대한 법조인들과 국가의 일꾼들을 낳았다. 국가의 시조들은 번영을 이룩한 상태에서 다음 세대에게 배턴을 넘겼다. 그러한 계승은 과거에나 속한 것이었다. 그들의 증손자들은 은행가나 작가가 되어 오로지 자기 자신을 위해서만 살았다.

무게를 못 이겨 늘어진 수풀이 그들의 머리를 스칠 듯했다. 우듬지 사이로 파고든 밝고 선명한 햇살이 화살처럼 내리꽂혔다. 그는 소리 없이 노를 저었다. 노가 물속으로 잠기는 곳에 검은색, 은색 소용돌이가 졌다. 그가 셔츠 소매를 걷어붙였다. 그녀는 남자의 팔이 멋있다고 생각했다.

그들은 다시 환한 햇살 아래로 나아갔다. 물가에 모포를 펼쳐놓고 고개를 들어 석양을 바라보았다. 그들 바로 뒤에 버찌 과수원이 있었다. 나무들이 초록 그물로 뒤덮여 있었다. 남자는 피크닉 바구니를 꺼냈다. "직접 다 준비한 거예요?" 여자가 물었다. 한 입 크기의 샌드위치들, 샐러드, 따로 담아온 드레싱…….

"난 쇠비름을 좋아해요. 흙의 풍미가 느껴지거든요." 그가 말했다.

음식을 조금 먹었을 때 그녀가 말했다. "우리, 저기 가서 버찌를 좀 사요."

그녀는 잘 그을린 다리가 돋보이는 하얀 면 원피스를 입고 있었다. 과수원 입구 작은 간이 건물에 어떤 여자가 앞치마를 두르고 앉아 있었다. 에드바르트는 버찌를 1파운드 샀다. 버찌는 과육이 탱탱하고 달았다. 따뜻하고 건조한 봄날이었다. 그들은 다시 보트에 올랐고 최대한 멀리까지 씨를 뱉었다. 그들은 포도주를 마시면서, 답보 상태에 빠졌다는 여자의 사회학 공부 얘기를 했다. 그다음에는 남자의 여행 이야기, 그가 참석했던 학회 이야기로 넘어갔다. 그는 여자를 바라보았다. 그녀는 지금 자기가 이 상황에 딱 맞게 드라이한* 아프르몽Apremont** 을 마시고 있다는 걸 알기나 할까? 여자가 다리를 긁기 시작했다. 손톱이 지나간 자리에 허옇게 줄이 생겼다.

해가 떨어지기 시작했으므로 돌아가야 했다. 남자가 먼저 배

---

* 포도즙을 발효시킬 때 포도 속의 천연 포도당이 모두 발효되어 단맛이 거의 없는 와인을 '드라이 와인(dry wine)', 천연 포도당이 남아 단맛이 나는 와인을 '스위트 와인(sweet wine)'이라고 한다.
** 프랑스 사부아 지방의 백포도주.

에 오르고 여자에게 손을 내밀었다. 여자는 그 손을 잡고 훌쩍 배에 올라탔다. 반대 방향으로 노를 저어보니 생각보다 물살이 만만치 않았다. 그는 나무들이 드리운 어슴푸레한 그늘 아래서 배를 정확히 중앙에 두고 가급적 궤도를 벗어나지 않으려고 애썼다. 그는 달리 완벽주의자가 아니었다.

여자가 잠시 후 말했다. "잠깐만요." 그녀는 앞으로 몸을 숙이고 남자의 손을 잡았다. 그는 노 젓기를 멈추었다. 여자가 속삭였다. "들어봐요. 얼마나 고요한지…… 새 한 마리 지저귀지 않네요."

노 끝에서 물방울 듣는 소리밖에 들리지 않았다. 보트가 제방에 도착하기 직전에 에드가 왼쪽 노를 선체와 나란히 하자 노깃이 물에 텀벙 하고 떨어졌다. 여자가 일어났다. "내려도 되는 거죠?" 그들은 강가로 훌쩍 뛰어내렸다. 남자가 보트를 밧줄로 묶었다. 여자는 미끈하고 울창한 나무들 사이로 모습을 감추었다. 눈부신 백금빛 머리칼이 무슨 조화를 부리는 것 같았다. 누군가에게 화를 입힐 것 같은 존재. 노래로 유혹해놓고 숲에서 못 벗어나게 영영 가둘 것 같은 존재.

영국식 정원은 멀찍이 나무들 틈에 가려진 전원주택의 것이었다. 창은 모두 불이 꺼져 있었다. 도무지 사람이 사는 집 같지 않았다. 그는 그녀를 위해 그 집을 살 것이다. 매일 멀리서 그 집을 바라볼 것이다. 석양 속에서 빛나는 벌집 같은 그 집을. 그는 그곳에서 살 것이다. 거기서 이 놀라운 여자와 아이를 만들 것이다. 침실 하나마다 아이를 하나씩 만들 것이다.

그녀를 그를 믿을 수 없이 흥분시켰지만 그녀를 향한 이 미친 욕망을 너무 서둘러 드러내어 일을 망칠 수는 없었다. 그는 이제 그 어느 때보다 잘 알 수 있었다. 이 열정이 그를 과거의 젊음과 이어준다는 것을. 입술이 마르고, 심장이 목구멍에서 뛰는 것 같던 첫 경험. 다른 첫 경험들은 다 나중의 일이다. 그는 결혼을 한 적이 없다. 완고한 새로운 만남의 컬렉터답게 같은 여자와 오랫동안 같이 산 적조차 없다. 그는 이제 마흔두 살이고, 지금까지 살아온 날들은 이 여자를 만나기까지의 과정이었을 뿐이라고 확신했다.

여자가 이교의 여신처럼 가벼운 발걸음으로 나무들 사이에서 나오면서 웃었다. "여기 정말 근사해요." 그녀의 음성은 나무와 풀에게 말을 걸듯 줄곧 나지막했다. 그녀가 발돋움을 하면서 그에게 키스한 순간, 그는 이 여자가 이 숲의 님프들에게 상의를 하러 온 또 다른 님프는 아닐까, 여기 모인 님프들의 그림자가 검은 물에 어른대고 있지는 않을까 생각했다.

그들은 축축한 풀과 이끼를 침대 삼아, 아직 친숙하지 않은 서로의 몸을 어색해하면서도 천천히 사랑을 나누었다. 빨라. 너무 빨라. 그는 자기 안의 목소리를 들었다. 그녀가 열정적으로 다가오자 행복해서 돌아버릴 것 같았다. 들판의 한 점 빛

같은 여인의 젊은 몸뚱이에 그의 목구멍은 뜨거운 취기를 느꼈다. 그의 몸놀림에는 성급함과 탐욕이 배어 있었다. 그는 지금까지의 모든 첫 번째들을 잊고 사춘기 소년처럼 허겁지겁 여자의 배를 핥고, 술 취한 사람처럼 정신없이 짠맛 나는 성기를 핥았다. 그다음에 삽입을 한 채 팔에 힘을 주자 여자가 밑에서 몸을 뒤틀었다. 그는 여자 안으로 깊이 들어갔다. "드디어." 여자가 웃었다. 그는 여자가 섹스를 너무 잘해서 놀랐다. 그녀가 속한 세대는 그 정도 나이가 되면 이미 알 건 다 안다는 사실을 그는 잊고 있었다.

그들의 몸은 초록빛 어둠에 덮여 있었다. 땀이 식고 정액은 살갗에 말라붙었다. 여자는 옆으로 누워 있었다. 그가 뒤에서 팔을 뻗어 그녀의 몸을 감싸 안았다. 그의 손은 여자의 엉덩이에 머물러 있었다. "자기가 담배를 피우지 않아서 유감이야." 여자가 말했다.

"예술가들은 늘 자기네가 이전 예술가들보다 더 뛰어나다고 느낀대. 그들은 자기 작품이 역사를 초월할 거라고 믿는대. 일종의…… 해방감을 느끼는 거야. 승리감이기도 하고." 남자가 말했다.

"왜 그런 말을 해?"

"해방과 승리라니까." 남자가 웃으면서 말했다.

여자는 잠시 아무 말이 없었다. "지금 그렇단 말이지?"

"그래, 지금."

"당신 참 귀엽다." 여자가 말했다. 그러고는 잠시 후 이렇게 말했다.

"순리대로라면 다음은 어떻게 되는 거야?"

"다음?"

"다음은 지금 이 순간보다 더 좋을 수 없잖아."

그들은 어둑한 하늘 아래 보트 대여소로 돌아갔다. 들판, 관목림. 저 멀리 지평선을 배경으로 시커먼 대학 건물들과 뒤죽박죽 아무렇게나 수풀이 우거진 들판이 보였다. 그곳에서 그는 인생의 한 부분을 보내고 있다. 맥동하는 빛으로 이루어진 높다란 대학 병원의 벽 너머에서 말이다. 사막 한복판의 카지노처럼, 쫄딱 망할 수도 있고 한탕 크게 할 수도 있는 곳. 그들은 보트를 쇠사슬 아래로 끌어당겨 대여소 사무실 옆 부두에 고정했다. 사무실은 이미 셔터가 내려지고 자물쇠로 잠겨 있었다. 여기서 시원한 음료와 달콤한 주전부리도 팔았다. 벽에는 이 지역 수로 지도가 걸려 있었다.

그 장면은 공원 가장자리 어느 카페에서 펼쳐진다. 바텐더가 여자 앞에 잔을 내려놓으며 말한다. "저기 저 남자분이 사시는 겁니다." 바텐더가 고갯짓으로 저쪽 구석을 가리킨다. 에드바르트가 손을 내밀어 그 잔을 비운다. 결혼하고 처음 몇 년 동안, 이렇게 불쑥 이유도 없이 술을 얻어먹는 일이 몇 번이나 있었다. 에드바르트는 그럴 때면 바 저편에서 꼼짝도 하지 않는 실루엣을 노려보면서 칼루아와 블루 퀴라소를 단숨에 비우곤 했다. 1885년의 툼스톤*, 어느 선술집. 그녀는 그 일대 반경 백 리 안에서 유일한 미인이고 사내들은 그녀에게 목

---

* 1993년에 상영된 서부 영화 「툼스톤」의 공간적 배경.

숨이라도 바칠 것이다. 그는 언제라도 나가뻗을지 모른다는 마음의 준비를 한다.

그는 아내의 범상치 않은 미모에 다른 숭배자들이 꼬인다는 것을 알고 있었다. 꼭 연정이 아니더라도, 그녀의 눈에 들어보겠다는 그악스러운 욕구에 불타는 사내들이 있었다. 그녀에게 이런 식으로 말하고 싶어 안달난 자들이. '당신 실수한 거야. 당신에게 필요한 남자는 저치가 아니라 나야. 바로 나란 말이야.'

어차피 그녀는 익숙했다. 어떤 남자들은 눈길을 끌 작정으로 행동했고 또 어떤 남자들은 과하다 싶을 정도로 그녀에게 깍듯하게 예의를 차리곤 했다.

미모가 사람됨에 악영향을 주지는 않았지, 라고 에드바르트는 생각했다. 그런 점에서 뤼트는 그가 예전에 알았던 여자들과 달랐다. 그 여자들도 똑똑하고 황홀하게 아름다웠다. 하지만 미모와 지성을 겸비한 여자는 심각한 내적 분열을 겪게 마련일까. 그런 깨달음은 언제나 한참이 지나서 찾아오지만 일단 깨닫고 나면 다시는 모른 체할 수 없어진다. 문학은 그런 여인들을 비극의 여주인공으로 묘사하기 좋아하지만 솔직히 그는 그런 책을 읽으면 그 여자들에게 향정신성 약물을 충분히 투여해야 마땅하다는 생각밖에 들지 않았다. 현실에서 그런 여자들은 불안정한 정신 상태를 잘 감추고 있는 동안만 사내를 애태울 수 있었다. 그런 여자들은 모든 면에서 평균을 뛰어넘었다. 회사에서 누구보다 명석했고, 침대에서 누구보다 관능적이었다. 세상은 그런 여자들의 무대였다. 하지만 그들은 조만간 하나둘, 어김없이 자기 역할에서 이탈했다. 그때부터 비극이 시작된다.

뤼트 발타는 다행스럽게도 예외인 듯했다. 그녀에게는 비밀의 방이 없는 것 같았다.

"난 여자치고는 그렇게까지 문제가 많지 않은 것 같아." 그녀는 말한다.

"여자치고는……?"

"여자들은 자기만의 문제들이 있거든."

"그런데 당신은 그런 유의 문제가…… 없단 말이야?"

뤼트는 어깨를 으쓱했다. "뭐, 일상적인 문제들이야 없지 않겠지. 하지만 그 외의 문제들, 수수께끼 같은 구석은 없을걸? 당신이 나 때문에 너무 속 썩지 않기를 바라."

뤼트는 여자 친구들이 거의 없었다. 에드에게는 좋은 징조였다. 여자들이 손발이 잘 맞으면 언젠가는 수상한 공모를 하게 마련이다. 옛일을 회상해보면 여자들은 어느 순간 화장실에 ── 그네들의 비밀 장소에 ── 함께 가곤 했다. 그리고 여자들이 화장실에서 함께 돌아오면 그는 난처한 입장에 몰리곤 했다.

그들이 처음으로 함께 보낸 여름에 뤼트는 헨리와 디데릭이라는 남자 친구 두 명을 집으로 초대했다. 대학교 신입생 때부터 잘 알고 지낸 친구 사이라고 했다.

"아주 근사한 동네에 사시네요, 란다우어르 선생님." 헨리가 그렇게 인사를 했다.

에드바르트는 피식 웃었다. "그냥 에드라고 불러요."

뤼트가 재떨이를 찾으러 주방에 들어왔다. 에드는 재떨이가 어디 있는지 몰랐다.

"내가 뭐 해줄 일 있어?" 문간에서 그녀가 컵받침을 손에 든 채 에드에게 물었다.

"요리는 거의 다 됐어. 그러니까 나가서 친구들하고 얘기 좀 나눠."

정원에서 들리는 그들의 목소리는 사이클을 타고 지나가는 사람들의 목소리 비슷했다. 뤼트는 저 친구 중 한 명과 섹스도 해봤을까? 만약 그랬다면 그 상대는 디데릭일 것 같았다. 그는 입이 크고 입술이 흐릿했지만 수구(水球) 선수처럼 몸이 좋았다. 그는 에드바르트와 악수를 하면서 손아귀에 무섭게 힘을 주었다. 그걸로 다 알 수 있다. 악수를 할 때의 느낌으로. 어떤 악수에서는 안정감이 느껴진다. 하지만 어떤 때는 당신의 손을 받아들이는 상대의 손이 너무 세서 그쪽의 악력에 이쪽의 악력으로 맞설 수가 없다. 속수무책이다. 손을 풀고 다시 잡을 수도 없고, 상대가 당신을 고스란히 장악한다. 청년의 힘센 손아귀는 그렇게 그를 훅 치고 들어왔다.

에드는 접시에 근대를 깔고 가리비를 올려서 식당으로 들고 갔다.

뤼트와 헨리는 밖에 앉아서 하루의 마지막 햇살을 고즈넉하게 즐기고 있었다. 정원 탁자에는 포도주와 담배가 놓여 있었다. 뤼트의 선글라스도 있었다. 디데릭은 맥주 캔을 들고 조금 떨어진 곳에 서 있었다. 그는 무엇을 보고 있었을까? 짚이 깔린 화단 사이 오솔길, 장미와 꽃시계 덩굴이 우거진 정자. 에드는 앞치마를 벗으면서 말했다. "다들 식사하지 그래."

"밖에서 먹으면 어때? 분위기도 좋잖아." 뤼트가 말했다.

"금방 추워질 거야."

"그렇게 오래 있을 것도 아닌데, 뭐."

뤼트는 그렇게 대꾸하고는 일어났다. 에드는 안에 들어가 접시들을 식탁으로 날랐다.

"기다리세요, 저도 좀 도울게요." 헨리가 말했다.

뤼트와 디데릭의 등 뒤에서 해가 저물었다.

디데릭은 가리비를 통째로 흡입하듯 먹어치웠다. 씹지도 않고 삼키는군, 하고 에드는 생각했다. 저 청년이라면 햄버거도

씹지 않고 삼킬 수 있겠다는 생각이 들었다. 게다가 가리비보다는 햄버거가 저치의 입맛에 더 맞을 것 같았다.

헨리는 '댄스파티' 초대권이 있다고 말했다. 자기가 여분으로 몇 장 더 구해놓았기 때문에 그들이 원한다면 다 같이 갈 수 있다나. 뤼트는 "신난다!"라고 외쳤지만 에드는 고개를 가로저었다. 그는 1980년대의 파티들을 기억하고 있었다. 그런 파티들은 도무지 끝날 줄을 몰랐고, 아침이면 입안에 모래를 가득 문 듯 텁텁함만 남았다. 그는 요즘 어떤 음악, 어떤 약물이 잘나가는지 전혀 알지 못했다. 그런 생활은 진즉에 떠나보냈다. 그는 이제 카페라든가, 누구나 용납할 법한 장소들 외에는 드나들지 않았다.

헨리는 그가 하는 일에 대해서 물었다. "선생님께서 의사라는 건 알지만 구체적으로……."

"에드라고 불러달라니까요."

뤼트가 웃음을 터뜨렸다.

"사실은 텔레비전 뉴스에서 본 적이 있어요. 하지만 정확히 무슨 일을 하는지는 잘 모르겠더라고요." 헨리가 말했다.

에드바르트는 바이러스 연구에 대해서 얘기했다. 그는 세계보건기구의 위임을 받아 홍콩에서 임무를 마치고 돌아온 지 얼마 안 됐다. 홍콩에서는 가금류가 모조리 살처분되었다. 그곳의 하늘은 시커먼 연기로 뒤덮였다.

"에드도 감염됐을 수 있나요? 그 바이러스, 어떻게 작용하는 건데요?" 디데릭이 물었다.

"H5N1 바이러스는 인간에게 전염되지 않아요. 하지만 독감 바이러스는 무서운 속도로 변종들을 낳아요. 모르죠, 어쩌면 지금 내 폐에도 바이러스가……."

그는 아내와 단둘이 있고 싶어서 미칠 듯이 애가 탔다. 이 새 파란 애송이들은 부부의 오붓한 한때를 침범하고 있었다. 그는 그 젊은 것들의 시선을 통해 자신과 뤼트가 어떻게 보이는지를 감지했다. 젊은 아내와 이미 늙수그레한 남편. 이 마흔두 살의 새신랑에게 그들은 감히 이렇게 물었다.

"그런데, 자녀 계획도 있는 거예요?"

뤼트는 아이들을 낳고 싶을까? 에드는 궁금했다. 지금까지 아이 문제를 언급한 적은 없었다. 어차피 그들이 함께 산 지 얼마 되지도 않았을 때였다.

1월 말의 어느 날, 그들은 자위더르 해의 둑방 도로를 달려 프리슬란트 주에 있는 보쿰이라는 작은 마을에 갔다. 마을 가장자리에 비교적 최근에 지은 건물이 한 채 있었다. 차고에는 뤼트 아버지의 은회색 메르세데스가 들어앉아 있었다. 집 뒤에는 시야에 걸리는 게 하나도 없는 눈부신 들판이 펼쳐져 있었다. 뤼트는 이곳에서 자랐다. 심각한 단절이 없는 삶. 여느 곳과 마찬가지로 편의와 정보의 네트워크는 끊임없이 발전해왔지만 그럼에도 전원적인 성격이 남아 있는 삶.

그들은 베란다로 나갔다. 아주 멀리, 뾰족한 첨탑이 보였다. 창백한 잿빛 하늘과 그 아래로 단조롭게 펼쳐진 초록 들판 사이에 소실점이 있었다.

"저것 봐, 멧토끼야!" 에드바르트가 외쳤다.

"여기는 멧토끼가 많다네." 뤼트의 아버지가 뒤에서 말했다.

그는 건축도급업자였다. 이 집도 자기가 직접 지었다고 했다. 그는 탁자에 놓여 있던 작은 컵에서 담배를 한 개비 꺼내 들고 손으로 바람을 막은 채 불을 붙였다.

바람, 비. 에드바르트는 할아버지가 그것과 비슷한 컵에서 담배를 꺼내서 처음으로 그에게 건네주던 모습이 아직도 눈에 선했다. 그때 에드바르트는 담배를 피워도 좋은 사내 대접을 받았다는 생각에 몹시 으쓱했다.

뤼트의 아버지는 안락의자에서 몸을 앞으로 숙이고 팔꿈치를 허벅지에 괸 채 고개를 푹 꺾고 있었다. 휴식을 취하는 근로자의 모습이었다. 그들은 고급 도기 잔으로 커피를 마셨다.

"우유 넣어 드세요?" 뤼트의 어머니가 물었다. 에드바르트의 커피가 연유 한 방울에 색이 확 옅어졌다.

"프리스케 뒴케fryske dumke* 예요, 알지요?" 어머니가 또 말했다.

어머니는 또박또박 발음하려고 애를 썼지만 프리슬란트 사투리 억양이 말끝마다 묻어나왔다. 에드는 비스킷을 입안 가

---

* 헤이즐넛과 아니스로 향을 낸 비스킷의 일종.

득 우물거리면서 고개를 가로저었다.

잠시 후, 뤼트와 어머니는 짐 정리를 하러 2층으로 올라갔다. 버릴 것과 버리지 않을 것을 정리한다고 했다.

에드바르트는 이동식 탁자 위에 놓여 있는 사진들을 바라보았다. 뤼트의 어릴 때 사진도 있었다. 그녀는 어릴 때도 빛과 금실로 짠 듯 예쁜 아이였다. 말을 타는 모습, 농가 마당에서 황소의 힘찬 목덜미를 쓰다듬어주는 모습. 남동생을 등에 업고 카메라 앞에서 커다란 치아를 드러낸 채 환하게 웃는 모습.

뤼트의 아버지는 오래된 진 한 병과 잔 두 개를 들고 에드 곁으로 왔다. "조금 있으면 다섯 시인데 한잔하겠소?"

그는 잔을 채웠다. "여기서는 잔을 부딪치면서 '초흐Tsjoch'라고 외치지요. 무슨 뜻인지 아시겠소?"

"건강을 위하여, 아닐까요?"

"맞소, 그런 거요."

"초흐!" 에드바르트가 말했다.

"초흐!"

그들은 잔을 들이켰다. 뤼트의 아버지가 집게손가락으로 사진 하나를 툭툭 가리켰다. "이게 누군지 아시우?"

에드바르트는 사진을 들여다보았다.

"뤼트인가요?"

"아니, 여기 요놈 말이오."

에드바르트는 자기가 소에 대해서 뭘 좀 알기라도 하는 것처럼 얼굴을 사진에 더 가까이 가져갔다. "모르겠는데요."

"'서니보이Sunnyboy'라고 하는 녀석인데 아직 어렸을 때지. 몇 년 뒤엔 챔피언을 거머쥐었지만 이때는 챔피언 먹기 한참 전이었지. 하지만, 이때 이미 힘이 얼마나 좋았던지…… 새끼를 아주 많이 봤지."

황소와 소녀는 한 쌍의 챔피언이었다. 황소도 인상적이었지만 에드는 뤼트에게서 눈을 떼지 못했다. 사진 속의 뤼트는 열두세 살쯤 되어 보였다. 만약 그때 뤼트를 처음 만났다 해도 그는 앞뒤 없이 사랑에 빠졌을 것이다.

"그래, 내가 이런 걸 물어도 되나 모르겠소만, 무슨 계획이 있는 거요?"

뤼트의 아버지가 갑자기 심각하게 나왔다. 힘이 잔뜩 들어간 품새가, 아무래도 계속 묻고 싶었는데 자제해왔던 질문이지 싶었다.

뤼트의 아버지는 에드바르트보다 키는 작았지만 레슬링 선수처럼 다부지고 빈틈이 없었다. 넓적하고 강철처럼 딴딴한 손가락에는 엔간히 씻어서는 지워지지 않는 기름때가 잔뜩 끼어 있었다.

"계획이라뇨?"

"뤼트하고 어쩌겠다는 거요? 내 짐작으로, 우리 애와 나이

차가 적잖이 나는 것 같소만?"

에드바르트는 순간 당황했다. 에드바르트의 향후 계획에 대한 물음과 새끼를 많이 쳐줬다는 조금 전 씨황소 얘기가 관련이 있는 건가?

"나이 차가 좀 있습니다. 그건 사실이에요. 이상적인 나이차는 아닙니다만…… 제가 마흔 살까지 기다려서야 겨우 뤼트를 만났다는 게 애석할 따름입니다."

"마흔두 살이라던데. 뤼트가 우리에게 그럽디다."

에드바르트는 순식간에 귀까지 벌겋게 달아올랐다.

"진즉에 가정을 꾸릴 수도 있었을 텐데 말이오."

에드바르트가 자리에서 일어났다. "그럴 수도 있었겠지요. 하지만 그런 적 없습니다."

"우리 애가 결혼한 적이 있다는 건 아시오?" 아버지가 물었다.

현기증이 일어났다.

"모르고 있었소?"

머릿속에 빨간불이 들어왔다. 비밀의 방…….

에드는 그 방을 찾은 것이다.

"네, 그렇습니다. 저는 모르고 있었습니다."

"집에서 독립한 지 얼마 안 되어 바로 결혼을 했지."

이 부녀는 그를 농락하고 있었다. 그래, 내 꼴이 퍽이나 우스웠겠지……

"내가 뤼트에게 설명을 해보라고 했소. 사랑하니까, 라고 그
애가 대답합니다. 그래서 내가 그건 충분한 이유가 되지 않는
다고 대꾸했지요. 딸에게 좋은 남자라는 말은 들었지만 무슨
'일'을 한다는 얘기가 없어서 불안했소. 뭐, 어쨌든 뤼트는 자
기가 누군가를 이렇게 사랑한 적이 없다고 합니다. 이건 다 나
중 얘기고, 처음에는 뤼트가 미국에 다녀온 지 얼마 안 되어 우
리에게 결혼반지를 보여줘서 알았소. 얼마나 놀랐던지……"

"확실히 놀랄 일이긴 하네요."

"우리는 몹시 당황했고 골머리를 앓았지만 뤼트가 뭐에 씌
어서 그러는지 이해할 수 없었소." 아버지는 한숨을 쉬었다.
"걔는 남의 말은 안 듣고 제 생각대로만 하는 애라서." 아버지
는 두 번째 잔을 단숨에 비우고 술에 젖은 입술로 다시 말을 이
었다. "그쪽과 내가 열 살 차이오. 그러니 의사 양반은 뤼트보
다는 나하고 더 가까운 세대 사람일 거요. 나는 늘그막에 딸내
미가 나를 좀 돌봐줬으면 생각했는데 사정 돌아가는 꼴을 보
니 딸내미가 의사 양반 휠체어를 밀어주게 생겼구려. 그런 걸
원하시오? 노년에 나이차 많이 나는 건강한 아내에게 병수발
을 받고 싶은 게요?"

"그런 상황까지 생각하기엔 너무 이른데요." 에드바르트가
대꾸했다.

"하하! 그리 생각하시오? 자, 그럼 내가 미래를 점쳐드리리다. 오차가 있어봤자 1~2년 안팎일 거요. 10년만 있으면 의사가 전립선 검사를 한답시고 똥구멍에 손가락을 쑤셔 넣을 거요. 그거, 오지게 아프지요. 조금 있으면 손끝이 저려서 심장 기능 검사를 한다고 자전거 같은 거에 앉아야 할 날이 올 거요. 혈관도 얼마 못 가 여기저기 녹이 슬 거요. 안경 없이는 설명서 같은 건 읽지도 못하는데 그놈의 안경을 어디 뒀나 기억이 안 나서 한 세월을 보낼 거요."

에드바르트는 미소를 지었다. 뤼트의 아버지는 유머를 아는 사내였다. 그는 이 순간 확신할 수 있었다.

"여기." 아버지가 에드바르트의 이마를 손가락으로 가리키면서 말했다.

에드바르트는 어리둥절했다.

"여기, 이마에!"

에드바르트가 손으로 앞머리를 쓸어보았다.

"뭐가요?"

"안경! 글자를 읽으려면 안경이 있어야지!"

"저는 안경 없이도 아주 잘 보입니다." 에드바르트는 아버지가 너털웃음을 거두기를 기다려 그렇게 말했다.

"흥, 3년 후에도 그런 말이 나오나 보자고."

"두고 보세요."

"암, 두고 봐야지." 아버지가 에드바르트의 팔을 툭툭 치면서 말했다.

저녁을 먹고 나서 뤼트와 에드바르트는 마을 산책을 나갔다. 어둠 속에서 마을 끄트머리에 서 있는 교회가 보였다.

"저 교회 굉장히 오래됐어." 뤼트가 교회를 바라보면서 말했다. "난 저 교회가 정확히 언제 지어졌는지도 몰라."

교회의 창살문이 열려 있었다. 그들은 자갈이 깔린 오솔길을 따라 묘비들 사이를 걸어갔다. "그런 얘기를 아버님을 통해서 듣지 않았다면 더 좋았을 거야." 에드바르트가 단도직입적으로 말을 꺼냈다.

그들은 발길을 멈추었다. 그들의 신발 아래서 자갈들이 달각거렸다. 뤼트는 그가 무슨 말을 하는지 바로 알아듣지 못했다.

"당신 결혼 얘기."

"아, 싫어, 말하지 마!"

자갈길에서 뤼트의 구두 굽이 찍힌 자리가 푹 파였다.

"나, 마음이 안 좋아."

"나도 내 입으로 말하고 싶었어……"

그들의 머리 위 종탑에서 매시 30분을 알리는 종이 울렸다.

"그게 말이지, 진중하게 생각하고 한 결혼은 아니었어. 우리는 라스베이거스에 갔지. 그 사람은 열세 살 때부터 카우보이 장화를 신고 다녔지. 쉐보레 자가용을 몰고 라스베이거스에 갔을 때도 그 장화 차림이었어. 그곳에서 작고 예쁜 예배당을 발견했는데…… 그래서 즉흥적으로 결혼식을 올렸어. 그게 다야."

그는 주머니에 손을 푹 찔러 넣고 저만치 앞서서 걸어갔다.

"자기가 이런 식으로 그 얘기를 듣게 해서 정말 미안해." 뤼트가 그의 등 뒤에서 말했다.

교회 건물 반대편에는 무덤지기의 오두막이 있었다. 문이 열려 있어서 그는 고개를 수그리고 안을 들여다보았다. 어슴푸레한 빛 속에서 구덩이 흙벽을 지탱할 때 쓰는 널빤지들과 대들보들이 보였다. 그는 뤼트를 그 안으로 끌어당기고 벽에다 밀었다. 그의 손이 여자의 스웨터 속으로 파고들어 자그마한 젖가슴을 움켜쥐었다. 닭살이 돋았다. 그들은 벽에 기댄 채 선 자세로 섹스를 했다. 그녀는 그의 목덜미에 대고 거칠게 숨을 몰아쉬었다. 그는 흡사 그녀를 혼내주듯 거칠게 다루었다. 그는 정액을 뿜어내면서 카우보이 장화를 신은 사내와 뤼트의 아버지에게서 승리를 거두었고 뤼트를 아주 먼 곳으로 데려갔다. 소녀를 등에 태운 황소처럼.

에드바르트 란다우어르는 열일곱 살에 진로를 고민하면서 양자택일의 기로에 놓였다. 천체 망원경으로 우주를 관찰하면서 아직 발견되지 않은 생명의 흔적, 위성, 먼지투성이 꼬리가 달린 운석을 탐색할 것인가, 아니면 현미경을 들여다보면서 인간 생명의 기원을 연구할 것인가. 그러다 덴마크 코펜하겐의 어느 유스호스텔에서 『자라투스트라는 이렇게 말했다』를 읽고 지상에 충실하라는 니체의 감동적인 부름에서 대답을 찾았다.

당시 의과 대학에서 미생물학이라는 전공 과목은 뜨뜻미지근하게 돌아가고 있었다. 천연두 바이러스는 진즉에 뿌리 뽑혔고, 결핵도 서양 사회에서는 이미 중병으로 간주되지 않았으며, 소아마비 백신은 100퍼센트에 가까운 예방 효과를 보였다. 싸움은 거의 끝난 것 같았다. 이제 잔류병 몇 놈과 제3세계에 창궐하는 바이러스, 박테리아만 해치우면 되겠다 싶었다. 에드바르트는 그 일에 연구자로서의 삶을 바칠 각오가 되어 있었다.

1981년에 암스테르담에서 어떤 남자가 희한하게도 여러 가지 중병을 한꺼번에 앓다가 사망했다. 이 '0번 환자Patient Zero'는 원래 강건하고 기력이 팔팔한 사내였으나 잠깐 사이에 오만 가지 면역계 질환들의 집중포화를 맞고 무너졌다. 병원에 존재하는 거의 모든 과목의 전문의들이 출동해 환자를 살펴보았으나 전혀 손을 쓸 수 없었다.

1983년 1월에는 환자 세 명이 동일한 증상을 보였고, 몇 달 후에는 그 수가 일곱명으로 늘어났다. 이 환자들은 대부분 그해를 넘기지 못하고 사망했다. 면역계가 완전히 맛이 가서 감염성 질환이란 질환은 다 앓다가 몸이 배겨나지 못하고 죽는 것이었다. 그들의 몸은 바이러스와 균류가 증식하고 장악하는 본거지가 되었다. 공격적인 암이 그들의 피부를 갉아먹고 신경학적 질환이 그들의 뇌와 척수를 공격했다. 그들은 시력을 잃거나 정신줄을 놓고 제 몸이 쏟아낸 오물 속에서 뒹굴었다. 아무도 이게 무슨 병인지 몰랐고 원인이 어디에 있는지도 몰랐다. 단지 성생활이 매우 난잡한 남성 동성애자들이 이 병에 걸릴 확률이 높다는 사실만 확인되었다. 조사에 응답한 환자들 중에는 일 년 동안의 섹스 파트너가 100명이 넘는다는 사람들도 제법 있었다.

에드바르트도 연구소에서 "호모 암" 운운하는 얘기를 들었다. 하지만 머지않아 동성애와 무관한 혈우병 환자, 약물 중독자, 그 외 수혈을 받은 이력이 있는 환자들도 이 병에 걸렸다. 이 병은 '후천성 면역결핍증', 일명 에이즈AIDS로 명명되었다.

에드바르트는 스물다섯 살이었다. 그는 이 주제로 박사 논문을 쓰려고 문제의 신종 질환에 걸린 남자들과 여자들을 연구 조사했다. 그러다 보니 바이러스학 교수 헤르만 비흐볼뒤스의 지도를 받는 박사 과정생이 되었다. 비흐볼뒤스 교수는 미국에서 자기가 분리해낸 에이즈 바이러스를 재킷 안주머니에 숨겨가지고 왔다. 그는 전설적인 위업을 쌓은 인물이었다. HIV 바이러스는 잠자고 있던 미생물학 연구 분야를 현대 과학의 최전선으로 내몰고 판도를 완전히 바꾸어놓았다. 에드바르트는 어쩌다 보니 기회가 널려 있는 분야에 운 좋게 발을 담근 셈이었다. 돈, 명예, 명성이라는 면에서 바이러스 연구는 전도유망한 분야였다. 게다가 이 연구에는 영광스러운 면도 있었다. 두뇌를 흥분시키는 최첨단 연구. 개척자의 일. 세상은 그들을 "에이즈 연구의 카우보이들"이라고 불렀다.

그러나 이 연구가 누리는 영광의 대척점에는 불안과 절망이 있었다. 일부 외과의들은 감염을 우려하여 동성애자에 대한 수술 집도를 거부했다. 바이러스가 어떤 요인들에 의해 전염되는지도 뚜렷이 밝혀지지 않았다. 공기, 성 접촉, 화장실 변기 등, 의심하려면 뭐든지 의심할 수 있었다. 여자 조교 한 명은 연구소에서 일한 지 얼마 안 되어 심각한 세균 공포증에 빠졌다. 그녀는 실험용 바이러스가 들어 있는 피펫만 봐도 부들부들 떠는 지경에 이르렀다. 비흐볼뒤스가 가끔 연구소에 들어서면서 "바이러스다!"라고 고함을 지르면 연구소 사람들은 의자에 앉은 채로 돌처럼 굳어버린 그 여조교를 보면서 킬킬대고 웃었다. 그녀는 결국 위트레흐트 대학 수의학과로 옮겨서 박사 공부를 마쳐야만 했다.

에드바르트의 삶에는 현실감이 없었다. 환자들은 떼거지로 죽어나갔다. 전쟁터를 방불케 하는 응급 상황에서 과학자로서의 연구를 진행해야만 했다. 연구소의 공동 연구자들은 공포에 떠는 동성애자들을 모아놓고 에이즈 예방 교육 행사를 자주 열었다. "란다우어르 박사님, 제 파트너가 보균자래요. 저도 마찬가지고요. 우리는 콘돔을 써야만 할까요?"

답해줄 수 없는 질문이 너무 많았다.

하루는 비흐볼뒤스가 인턴들을 모아놓고 이런 말을 했다. "우리는 에이즈 1세대와 2세대 환자들 모두에게 사과를 해야 할 거야."

연구소 사람들은 아무 말도 하지 않았다.

마침내 한 여성 연구자가 질문을 했다. "사과라니요? 무슨 뜻으로 그런 말씀을 하세요?"

"그냥, 그들 모두 파멸을 피할 수 없을 테니까."

어느 가을날, 에드바르트는 대학 식당에서 작은 텔레비전으로 헤이그 반핵 시위 뉴스를 보고 있었다. 취재 기자의 말로는, 지금까지 네덜란드에서 일어난 시위 중에서 가장 큰 규모라고 했다. 기자의 뒤쪽으로 시민들이 인파를 이루어 행진하고 있었다.

한 남자가 에드바르트 옆에 와서 섰다. 그들은 잠시 헤이그 말리벨트 광장에서 전송되는 화면을 바라보고 있었다. 남자는 이렇게 말했다. "멍청이들, 저들은 몰라. 인류는 원자 폭탄이 아니라 바이러스 때문에 멸망할 거라는 걸."

비흐볼뒤스의 강력한 주도하에 박사 후 과정생 일고여덟 명과 인턴 몇 명은 임상적으로 적용 가능한 연구에 매달렸다. 그들은 이 연구를 《네이처》,《사이언스》,《더 랜싯》 같은 학술지에 발표했다. 연구 자금은 마르지 않는 샘물처럼 흘러들어왔다.

에드바르트는 지도 교수인 비흐볼뒤스를 따라 학회에 다니면서 그에게 누가 누구와 척을 졌고 어떤 동료들과 우호적인 관계를 맺어야 하는지 주워들었다. "게임이 어떻게 돌아가는지 파악하는 게 관건이지." 비흐볼뒤스는 말했다. "빼어난 연구와 그런 수완을 겸비하면 우리는 피펫으로 노벨상도 낚을 수 있다네, 이 친구야."

에드바르트는 교수가 말하는 품이 꼭 무슨 자동차 딜러 같다고 생각했다. 하지만 비흐볼뒤스가 성공할 수 있었던 건 악착같은 경쟁심과 투지 덕분이었다는 걸 에드바르트도 잘 알고 있었다.

호텔 바에서 에드바르트의 지도 교수는 "과학은 타인들의 평판을 파괴하는 거야."라고 선언하기도 했다. "창조적 파괴라고 할까. 다른 연구자들을 박살 내는 거야. 우리의 연구는 그들의 연구에 흙탕물을 끼얹을 테니까." 그렇게 떠드는 비흐볼뒤스의 목소리는 희열을 감추지 못했다.

에드바르트는 이 같은 열혈 개척자적 문화와 권력욕 안에서 연구자로 성장했다. 비흐볼뒤스는 사사로운 명예욕과 공익 추구를 완전히 똑같은 것으로 여겼다. 에드바르트는 그가 환자들에 대한 헌신을 내세우지만 일단 카메라 밖으로 벗어나면 국립의학협회나 파스퇴르 연구소에서의 정치적 입지 다지기에 더 열을 올리는 모습을 자주 보았다.

지도 교수의 독단적인 행동에도 에드바르트는 기가 질리지 않았다. 자신의 학자적인 직관을 비흐볼뒤스가 높이 산다는 것을 알고 있었기 때문이다. 게다가 에드바르트는 세부 연구 상황을 간명하게 정리하고 파악하는 재주가 뛰어났기 때문에 비흐볼뒤스는 언론과의 소통 및 홍보를 대부분 에드바르트에게 의존했다. 새로운 레트로바이러스를 둘러싼 과열 양상은 여러 면에서 히스테리를 불러일으켰기 때문에 에드바르트는 거의 매주 언론과 접촉하여 뭔가를 설명하거나 쉽게 풀이해주는 일을 해야 했다.

비흐볼뒤스는 암스텔베인 끄트머리의 한 빌라에서 아내와 개 두 마리를 키우며 살았다. 에드바르트는 이따금 그 집에 저녁 초대를 받았다. 교수는 그를 데리고 잔디밭을 가로질러 집으로 들어가면서 신발을 잔디에 문질러 닦으라고 했다. "이렇게 하면 도시의 더러움은 집 밖에 두고 들어가는 거야."

에드바르트는 바이러스학계의 국제적인 권위자가 하는 말치고는 심하게 모호하고 비과학적이라고 생각했다. 하여간 괴짜라니까, 라는 생각이 들었다. 그 집에서 키우는 달마티안 두 마리는 안락의자에 널브러져 있었다. 개들은 집주인 부부와 손님이 식탁에서 먹고 남은 음식을 한 입씩 얻어먹곤 했다. 에드바르트는 그들 부부가 왜 아이를 낳지 않았는지 감히 묻지 못했다.

하루는 에드바르트가 비흐볼뒤스의 연구실에 들어가 이렇게 말했다. "헤르만, 저 좀 도와주세요."

에드바르트는 인체 세포 배양 배지에서 다양한 감염 결과들을 관찰해왔다. 그로써 바이러스가 두 종류일 거라는 그의 막연한 짐작은 확신으로 변하는 듯했다. 그들은 광범위한 환자군에서 체계적으로 바이러스를 추출해서 이 가설을 면밀하게 검토했다. 그 결과, HIV 변종 바이러스 중 하나가 유독 환자들에게 치명적이라는 사실을 밝혀냈다. 그 전까지는 아무도 이런 생각을 하지 못했다. 에드바르트가 처음이었다.

연구소 냉장고에서 샴페인을 꺼냈다. 축제처럼 들뜬 분위기가 며칠이나 계속되었다. 에드바르트는——이 연구 성과를 포함한——박사 논문으로 학위를 취득했고 이 주제에 대한 논문을 네 차례나 《네이처》, 《더 랜싯》에 발표하면서 단숨에 몇 단계를 뛰어넘어 학계에서 입지를 굳혔다. 젊은 연구자는 비흐볼뒤스라는 마법사의 제자가 되었다.

에드바르트에게 직감이 번득이는 순간은 모든 것이 대번에 열리는 순간이자, 계시를 받는 드물고 귀한 순간이었다. 그는 어두운 물속의 잠수부처럼, 자기 감을 믿고 일을 추진하는 유형의 연구자였다.

그는 가끔씩 자기 인생의 전환점을 돌이켜보았다. 단순히 연구소의 주축 인력 중 한 명이었던 그가 어느덧 전 세계에 명함을 내밀 수 있는 중요한 인물이 되었다. 단백질과 핵산으로 이루어진 미생물 덕분에, 전자 현미경으로만 볼 수 있는 저 미세한 것 덕분에 말이다. 온 세상이 이 바이러스 얘기로 시끄러웠으나 그놈을 실제로 관찰한 사람은 그를 포함한 극소수였다.

그들이 함께 발표한 거의 모든 논문에서 비흐볼뒤스는 주요 저자로 이름을 올렸다. 에드바르트가 혼자 구상한 연구들조차 예외가 아니었다. 하지만 에드바르트는 여기에 암묵적으로 동의하고 있었다. 그들은 일종의 상호 부조 관계를 맺고 있었으므로 에드바르트는 자부심에 상처를 입었다는 표를 내어 상황을 골치 아프게 만들고 싶지 않았다.

베를린 학회에서 에드바르트는 처음으로 어떤 체념의 기미를 감지했다. 1993년이었다. 여전히 치료법은 보이지 않았고 바이러스를 멈추게 할 기적의 약 따위도 나오지 않았다. 10년 연구로 자질구레한 개선들은 이루어졌으나 에이즈 환자들은 여전히 대부분 죽을 날만 기다리고 있었다. 하지만 이로부터 불과 3년 만에 의학계는 여러 치료법을 복합 활용하여 에이즈를 일종의 만성 질환 수준으로 다룰 수 있게 된다.

에드바르트는 가끔 에이즈 연구 초기 시절에 향수를 느꼈다. 그때의 창의성과 의욕은 영영 사라진 것 같았다. 자기만 그렇게 된 게 아니라, 연구 분야 전반이 느슨해진 듯했다.

그 부산스럽고 치열하던 시절 어느 즈음에서 어머니가 돌아가셨다. 그는 단지 아버지가 너무 황망해서 눈물이 조금 났다. 장례를 치르고 바로 다음 날부터 다시 연구에 몰두했다.

그리움은 불시에 뚜렷해지곤 했다. 삶의 가장자리에서 문득문득 치미는 허한 느낌. 그가 이제는 던질 수 없는 질문들. 목덜미를 다정하게 어루만져주던 어머니의 손길. 그가 무슨 일을 하든 늘 뜨겁게 느낄 수 있었던 어머니의 자부심. '어서 돌아오세요, 어머니. 너무 오래됐잖아요.' 그는 자기도 모르게 이런 생각을 하다 말고 소스라치게 놀라곤 했다.

헤르만 비흐볼뒤스는 마법이 더는 통하지 않는다는 것을 맨 먼저 인정한 사람이었다. 그들은 일식당에서 만났다. 얇은 얼음으로 된 종(鍾) 아래 생선회가 놓여 있었다. 비흐볼뒤스는 젓가락으로 얼음에 구멍을 내서 깨뜨렸다. "이거 아주 특별하구먼." 그가 중얼거렸다.

그는 정복자처럼 허겁지겁 생선회를 먹어치웠다.

비흐볼뒤스는 그 자세에서 고개도 들지 않은 채 에이즈 바이러스 연구를 그만둘 생각이라고 말했다. 에이즈는 이제 약학 연구의 문제가 되어 있었고 근원적인 연구는 외면당하고 있었다. 마침 비흐볼뒤스는 증권 시장에 상장되어 있는 모 바이오 테크놀로지 기업에서 백신 개발 연구를 제안받았으므로 기존 연구를 접고 다른 연구로 넘어가기에는 절호의 타이밍이었다.

'돈독이 올랐군.' 에드바르트는 생각했다. 비흐볼뒤스는 언제나 돈에 약했다. 쉰 살이 다 되어가는 마당에, 한 번 더 주머니를 두둑하게 채울 기회를 잡고 싶었을 것이다. 에드바르트는 비흐볼뒤스가 무슨 뜻으로 허심탄회하게 자기 계획을 털어놓는지 이해했다. '자네도 그 연구에 더는 진 빼지 말게. 우리는 이미 거기서 건질 수 있는 노른자는 다 건졌다네.'

그의 미래는 새의 날개를 타고 그에게로 다가왔다. 1997년, 홍콩에서 H5N1형 바이러스에 감염된 열여덟 명의 조류 독감 환자가 발생했다. 그중 여섯 명이 죽었다. 치사율이 3명당 1명꼴이라는 얘기다. 그 무섭다던 스페인 독감의 치사율도 40명당 1명꼴이었다. 전 세계가 경각심을 가질 만했다. 조류 독감 바이러스가 돼지라는 매개 숙주를 거치지 않고 인간에게 직접 감염된 사례는 이때가 처음이었다. 머지않아 재앙이 현실이 될 태세였고 희생자가 여섯 명에서 그칠지 6,000만 명이 될지는 아무도 몰랐다. 홍콩에서만 가금류 200만 마리가 살처분되었다.

그게 시작이었다. 변화의 바람이 불고 있었다.

에드바르트는 빌토번 감염질환연구센터 소장 야프 헤르손을 만나기로 했다. 에드바르트는 약속 장소인 A1 고속 도로변의 모 호텔 식당으로 가면서 비흐볼뒤스가 했던 말을 떠올렸다. "그 시절은 갔어. 이제 독창성은 사라졌어. 우리가 우리 자신을 새로이 만들어야 해. 에드, 뭔가 새로운 것을 찾아봐. 기회를 잡을 줄 아는 사람이 되자고. 그건 전혀 부끄러운 게 아니야. 기회주의는 아주 좋은 거야."

크로켓과 빵이 나오기도 전에 헤르손은 그에게 이렇게 말했다. "자네 같은 친구가 들어온다면 자리는 언제라도 만들 수 있어."

에드바르트는 대답했다. "헤이그 반핵 시위 기억나? 내가 식당에서 텔레비전으로 시위 장면을 보고 있었는데 자네가 내 옆에 와서 같이 봤잖아. 그때 자네가 한 말을 나는 결코 잊을 수 없었어. 대강 이런 얘기였어. 우리는 핵무기가 아니라 바이러스 때문에 다 망할 거다."

헤르손이 고개를 끄덕였다. "깊게 생각해보지 않아도 내 입에서 충분히 나올 법한 얘기군."

에드바르트는 거의 일 년을 암스테르담과 빌토번을 오가며 살았다. 그러다가 위트레흐트 시의 빌헬미네 공원 근처에 정원 딸린 집을 구해서 정착했다. 집은 간소하게 꾸몄다. 가끔은 저녁에 집에 들어오면서 낯선 사람 집을 방문하는 것 같은 기분이 들곤 했다. 타인들의 삶, 남들의 안락한 집, 남들의 사랑이 그의 눈에 들어왔고 남의 집 아이들을 보면 괜스레 질투도 났다. 다른 사람들은 가정을 꾸리는 순간부터 폐쇄적인 한 덩어리가 되어 세상에서 반쯤 떨어져 나간 채 오로지 자신들에게만 집중하며 살아갔다. 그러고 나면 오랫동안 그들을 보기 힘들어졌다. 어떤 이들은 심지어 두 번 다시 만날 수 없게 된다.

1999년에 그는 인수(人獸)공통전염병 및 환경미생물학 연구소 소장으로 임명받았다. 또한 위트레흐트 대학교에서 '특임 교수' 자격으로 일주일에 한 번씩 인수공통전염병을 활성화하는 미생물학적 요소들에 대한 강의도 하게 되었다.

명함에 '의학 교수 에드바르트 란다우어르 박사'라는 글자가 새겨졌는데도 그는 여전히 자기가 부평초처럼 떠도는 기분이 들었다. 독일의 프랑크푸르트나 싱가포르에서라면 그의 삶이 좀 더 자유로울 수 있었을 것이다. 여자들, 조명이 어두운 곳에서의 만남, 술집에서 나오면서 용건만 주고받는 한두 마디가 그 도시들을 특별하게 한다. "자, 세 가지 가능성이 있어. 1번은 당신 집, 2번은 내 집, 3번은 각자의 집. 당신은 1번과 2번 중에서만 고를 수 있어."

에드바르트는 그런 밤 문화와 단절되어 있었고 영원한 대학생처럼 사는 데에도 염증을 느꼈다. 어떻게 해야 생활을 바꿀 수 있담? 그는 방법을 몰랐다.

카페테라스에서 커피를 마시다가 어떤 여자가 자전거를 타고 지나가는 모습을 본 그날, 에드바르트는 비로소 자기에게 무엇이 부족한지 깨달았다. 그녀가 인파 사이로 모습을 감춘지 한참 지나서야, 쿡쿡 쑤시던 욕망도 웬만큼 잦아든 후에야, 에드바르트는 새로운 감정을 경험했다. 아직 알지도 못하는 이를 이토록 애타게 그리워할 수도 있다니. 마치 노인이 불시에 끝나버린 옛사랑을 회상하듯 그 그리움은 사랑의 열병도, 결혼 생활의 고비도 이미 다 뛰어넘은 감정이었다. 그는 자기 자신에게서 엄청난 열정의 가능성을 엿보았다. 그가 결코 잊을 수 없을 순간이었다. 온 세상에서 그에게 보낸 미생물 DNA 표본이 그렇듯, 자전거 탄 아가씨의 이미지 안에는 모든 것이 담겨 있었다. 그러면서도 이 이미지는 한없이 가벼웠다. 그가 자기 마음대로, 자기가 원하면 언제라도, 시간을 뛰어넘어 둥실 떠오르게 할 수 있는 빛나는 공기 방울처럼.

그는 기회가 생기자마자 뤼트를 미국의 아스펜에서 열리는 '스키 학회'에 데려갔다. 공항에 도착해서 '란다우어르 부부'라는 푯말을 흔들고 있던 운전기사와 만났다. 잠시 후, 뤼트는 그들의 객실 창가에서 적막한 순백의 설산(雪山)을 한눈에 담을 수 있었다. 에드바르트는 두 팔을 머리 아래 받치고 침대에 늘어져 있었다. 그는 애인을 머리부터 발끝까지 돈으로 처발라 준 갱스터처럼 기분이 째졌다.

뤼트가 그를 뒤돌아보았다. "누가 이 돈을 다 내주는 거야?"

"글락소스미스클라인 사.*" 에드가 대꾸했다.

----

* 영국의 제약 회사로 세계 시장에서 3위를 차지하고 있다.

그녀는 다시 창밖을 바라보았다. "순진한 사람들 같으니! 정말이지, 모르겠네, 모르겠어!" 그녀는 유리창에게 말을 거는 것 같았다.

에드바르트는 오전에는 학회에 참석해서 오래된 지인들과 인사를 나누었다. 이 학회에는 강연자들도 스키복 차림으로 나타났다. 마지막 강연자는 아예 스키 고글을 떡하니 이마에 얹고 이렇게 선언했다. "신사 숙녀 여러분, 저는 짧게 할 겁니다. 여러분 모두 최대한 빨리 슬로프로 나가고 싶으실 테니까요……." 이 말에 1,000여 명의 목구멍에서 까르르 웃음이 터졌다.

에드바르트와 뤼트는 와플에 메이플 시럽, 블루베리 잼, 수란(水卵)을 곁들여 브런치를 먹었다. 그들은 정오가 한참 지나서야 처음으로 리프트를 탈 수 있었다. 에드바르트나 뤼트나 스키를 잘 타지 못하기는 마찬가지였다. 그는 관절이 쑤시고 아팠다. 활강을 몇 번 하고 나서 다시 리프트를 타고 올라가는데 뤼트가 그의 어깨에 머리를 기대면서 대충 이런 얘기를 했다. 사방으로 펼쳐진 전경(全景)이 정말 끝내준다, 보첨에서 살던 어린 시절에 이런 풍경을 봤으면 신기루인 줄 알았을 거다, 실제로 그 시골 동네에서는 지평선에 산 그림자가 어른대는 것처럼 보이곤 했다, 하지만 저 멀리 지나가던 구름이 잠시 그렇게 보였을 뿐이고 여기저기 첨탑이 솟아 있는 광활한 초록 들판은 늘 변함이 없었다.

그날 오후, 카페테라스에 앉아 계곡의 경치를 감상하면서 뤼트는 이런 말도 했다. 농부들은 옛날에도 봄이나 여름에 암소들을 가급적 밖으로 내보내지 않으려는 버릇이 있었다나. 소를 풀어놓고 풀을 뜯어 먹게 하는 농부는 거의 없었다. 농부들은 가축들의 삶에 신경 쓰지 않았다. 하지만 뤼트가 채식주의자가 된 결정적 계기는 좀 더 나중 일이었다. 뤼트가 여자 친구 집에서 하룻밤 자고 오게 되었는데 마침 그날 그 집에서 돼지를 납품했다. 돼지들은 트럭에 실리면서 고막이 찢어져라 울어댔다. 뭐라 형용할 수 없는 공포가 뤼트에게까지 전해졌다. 인간 아닌 다른 종이 느끼는 고통이 그날 밤 소녀의 영혼 깊은 곳에 단단히 새겨졌다. 그런 식으로 우는 동물은 모든 것을 알고 있다는 얘기다. 돼지도 자기 운명에 대한 일종의 의식이 있고 무엇으로도 달랠 수 없는 무서운 불안을 느낀다. 뤼트가 그 사실을 깨닫는 데에는 말이 필요치 않았다. 그 밤에, 그녀와 지상에 사는 다른 모든 동물들과의 구분은 폐기되었다. 이 변화는 일단 일어난 이상, 돌이킬 수 없었다.

트럭에 실리는 돼지들을 보고 슬퍼했던 어린 소녀와, 설경(雪景) 속에서 추억을 회상하는 여인은 조금도 다르지 않았다.

에드바르트는 이미 이 이야기를 조금씩 가감된 여러 버전으로 들은 바 있었지만 굳이 그런 말을 하지 않았다. 그는 그 아홉 살짜리 소녀의 마음이 되어보려고 최선을 다했지만 그의 레 퍼토리에서 사라진 몇 가지 요리들을 생각하면 아쉬움이 더 앞섰다. 레몬즙을 곁들인 송아지고기구이라든가, 빵가루를 입 혀 튀겨낸 후 파르마산 치즈를 뿌린 양갈비는 그가 요리사 뺨 치게 잘하는 요리였다.

2년 전, 아니 그보다 더 오래됐나, 하여간 뤼트와 만난 지 얼마 안 됐을 때 에드바르트는 채식 요리책을 몇 권 구입하고 스스로 뤼트의 식습관에 맞춰나갔다. 육류에 관한 한 일말의 타협도 없었지만 뤼트도 갑각류나 패류에는 가끔 예외를 두었 다. 채식의 이점은 뤼트와 같이 살게 된 지 6개월 만에 별다 른 노력 없이도 6킬로그램이 빠졌다는 것이다. 하지만 체중을 계속 줄일 수 있으리라는 희망은 무너졌다. 에드바르트의 몸 무게는 100킬로그램을 상회하는 수준에서 더는 빠지지 않았 다. 신장을 기준으로 한 표준 몸무게보다 20킬로그램 초과 상 태가 유지되었다.

뤼트는 대학에 들어간 지 얼마 안 됐을 때 운동권 학생들이 무단 점거하고 살던 곳에서 매크로바이오틱macrobiotic* 요리

---

* 동양의 자연 사상에 뿌리를 두고 있는 섭생법. 깨끗하게 기른 건강한 식재료 를 사용하며 식재료를 뿌리, 껍질까지 모두 통째로 먹는다. 1920년대에 일본 에서 처음 시작되어 미국에서 특히 1960~1970년대 히피 문화와 맞물려 인 기를 끌었고 유럽에서도 많은 호응을 얻었다.

사 노릇을 잠시 했다. 하지만 그녀는 요리에 워낙 소질이 없었으므로 얼마 못 가 보조 역할로 밀려났다. 에드바르트는 뤼트와 교류가 있었던 운동권 출신 친구들도 한두 번 집으로 초대해 저녁을 대접했다. 에드바르트는 그 친구들의 채식주의는 뭔가 편협하고 재수 없다고 생각하면서도 자기 아내의 채식주의는 사심 없고 고결한 것으로 보았다.

오후 다섯 시에 그들은 계곡 아래로 돌아갔다. 뤼트는 호텔 방으로 올라갔지만 에드는 아직 볼일이 남아 있었다. 학회장에서 포스터 세션*이 있었다. 아직 신발 바닥에서 눈을 다 털어 내지도 못한 연구자들이 진 토닉 잔을 들고 돌아다니면서 게시된 자료들을 훑어보고 있었다. 에드바르트의 연구소 소속인 젊은 박사 후 과정생 두 명이 전날 저녁 아스펜에 도착했다. 둘 다 그 연배에서는 최고 수준의 연구자였다. 안타깝게도 그 여자 연구원은 인물이 그리 좋은 편은 못 되었다. 외모가 받쳐줘서 손해 보는 일은 없다. 아주 오래전, 젊은 조교 시절에 에드바르트는 암스테르담 연구소 포스터 앞에서 라런에서 왔다는 예쁘장한 여자 하키 선수와 멀뚱멀뚱 서 있어야 했다. 그 젊은

---

* 논문 요약 자료로 포스터를 만들어 게시하고 저자가 그 앞에서 직접 질의응답에 임하는 학회 발표 방식.

여자는 자랑을 하고 싶으면서도 내숭을 떠느라 자기도 깜짝 놀랐다는 듯이 이렇게 말했다. "두 시간 동안 세 군데에서 나한테 인턴십을 제안했어요!"

저녁이 되어 에드바르트는 박사 후 과정생들을 학회장에서 호텔까지 데려다주었다. 포스터 세션은 잘 마무리되었다. 그들은 바이러스 변이를 효과적으로 촉진하는 방법을 개발했는데 어떤 제약 회사에서 상당히 호의적으로 나왔다. 바이러스군 전체를 소탕할 수 있는 중화 항체(中和抗體)*는 분명히 관심을 받을 만했다. 이 주제는 에드바르트가 유일하게 개인적으로 계속하고 있는 작업이었다. 그가 연구하는 바이러스는 기업식 가축 사육 때문에 생긴 것이었다. 여기저기서 발병 사례가 나오긴 했지만 아직 대단한 피해는 발생하지 않았다. 사람이 몇 명 죽었지만 곧바로 가축 살처분이 이루어졌다. WHO(세계보건기구)와 FAO(유엔식량농업기구)의 일 처리는 신속하고 야무졌다. 이 연구는 에드바르트에게 암스테르담 연구소 시절의 추억을 되살려주었지만 아쉽게도 그때 같은 긴박함은 없었다. 어쩌면 그 젊은 날의 혈기는 두 번 다시 못 느낄지도 몰랐다. 이제 그의 심장은 힘이 빠졌고 기껏해야 감질나게 두근거릴 뿐이었으니.

---

* 바이러스 등의 독성(毒性)이나 감염력 등을 감퇴시키거나 없애는 항체.

뤼트가 호텔 바에 내려왔을 때 술자리는 이미 2회전에 접어들어 있었다. 그녀는 노르웨이산 니트 상의에 광택 나는 흰색 바지를 입고 있었다. 문득 에드바르트의 뇌리를 스치는 생각이 있었다. 그는 지금까지도 뤼트가 자기만의 여자처럼 느껴지지 않았다. 정복한 게 아니라 훔쳐 온 것 같은 기분이랄까. 뤼트에게는 여전히 그의 허기를 자극하고 흥분시키는 뭔가가 있었다. 어떤 여자들은 나이를 먹어도 건강하고 광채가 나는 듯한 인상을 잃지 않는다. 그저 세월과 함께 눈부신 금발이 점점 흐려져 「다이너스티Dynasty」*의 린다 에번스Linda Evans**처럼 잿빛 금발로 변할 뿐……. 그 순간 번쩍 이런 생각이 들었다. 에드바르트를 제외하면 여기 있는 사람들은 모두 린다 에번스가 어떤 배우인지 알지 못할 것이다. 그들이 어렸을 때 알았던 유명인들은 따로 있을 것이다.

"따로 수업을 좀 받으세요. 그러면 눈부시게 확 늘 거예요." 남자 박사 후 과정생이 뤼트에게 말했다.

"이 말 그대로 될 거예요." 여자 박사 후 과정생도 한마디 했다.

에드바르트는 뤼트가 자기 또래 사람들과 함께 있는 모습

---

* 1981년에 방영된 미국 텔레비전 드라마.
** 미국의 여배우(1945~).

이 마음에 들지 않았다. 그 상황은 그들 부부가 함께 있을 때의 모습을 노골적으로 상기시켰다. 뤼트는 에드바르트를 더 젊게 만들어주지 않았지만 그는 아내를 더 나이 들어 보이게 했다. 뤼트는 자기 세대 사람들과 함께 있으니 제 나이로 보였다. 비로소 쾌활하고 톡톡 튀는 젊은 여자로 보였다. 그러는 동안 그는 머나먼 미래 속 자기만의 섬에 남아 수염 속에서 툴툴거리고 있었다.

에드바르트 란다우어르는 어린 시절을 자주 회상하는 사람이 절대 아니었다. 하지만 어릴 적 고향 마을을 쏘다녔던 기억 중 몇 가지는 그에게 아주 생생했다. 그는 관목림을 따라 걷다가 황야를 가로지르고 사격장을 건너 그 뒤 널따랗게 펼쳐진 숲으로 들어갔다. 기억 속 그 풍경에는 사람이 없었다. 마치 인간은 거의 존재하지도 않는 것처럼. 그리고 세상도 사라진 것처럼. 기억 속 세상은 수평선에 소리 없이 가라앉은 한 척의 배 같았다.

마을을 돌아다니다 보면 이따금 콘크리트 컨테이너가 눈에 띄었다. 폐사 가축을 처리하는 컨테이너였다. 소년 에드바르트는 자기도 왜 그러는지 몰랐지만 누군가에게 쫓기듯 황급히 뚜껑문을 열어보았다. 금속 뚜껑문은 자체 무게의 하중 때문에 일단 열어젖히면 수직 상태를 유지했다. 그 안에서 송아지, 새끼 양, 새끼 돼지를 보았다. 아직 태반이 떨어져나가지 않은 어린 것들도 더러 있었고, 드물지만 망아지도 있었다. 저승에 떨어진 노아의 방주가 따로 없었다. 소년은 그 동물들의 순한 눈, 아무것도 없는 그 먼바다에서 길을 잃었다. 동물들의 입과 똥구멍에는 구더기가 바글바글했다. 그는 묘한 기쁨에 전율하며 부어오른 몸뚱이, 기형(畸形)을 유심히 바라보았다. 그러나 가끔은 도대체 왜 죽었는지 모를 만큼 온전하고 흠 없는 모양새의 새끼들도 있었다. 그 짐승들은 속에 뭔가 문제가 있었기 때문에 완벽한 모습을 하고도 죽어야 했을 것이다. 구조상에 어떤 결함이 있었을 것이다.

고병원성 바이러스가 기업식 가축 농장을 후려칠 때마다 에드바르트는 어릴 적 보았던 폐사 가축 컨테이너를 떠올렸다. 이를테면 그가 살처분을 권장해야만 했던 보건복지부 긴급 회견 때에도 그랬다. 고작 며칠 만에 발병지를 중심으로 10제곱킬로미터 이내의 닭 3,500만 마리가 죄다 살처분당했다. 그의 상상을 초월한 수치였다. 거대한 창고 하나에 병아리들을 미어터지게 집어넣고 키우니 그런 수치가 나온다. 살아 있는 것들이 입추의 여지도 없이 우글거린다. 농부가 안에 들어가면 바다가 쫙 갈라졌다. 에드바르트는 바이러스가 아직 영향을 미치지 않은 양계장에서 농부들이 병든 닭, 약해빠진 닭을 솎아내자마자 목을 홱 꺾어 죽이는 모습을 보았다. 농부들은 자그마한 새 대가리를 나막신 신은 발로 한 번 더 밟아 확인 사살을 했다. 그러고 나서 죽은 영계들로 가득한 양동이에 휙 던져 넣었다. 그들의 팔은 이미 이 동작을 무수히 반복했을 터였다. 그들의 손놀림에는 한 치의 오차도 없었고 닭들은 거의 다 한 방에 죽어나갔다. 닭들이 제법 쌓이면 농부는 외바퀴 손수레를 끌고 양계장으로 들어갔다.

아무도 닭들을 위하여 눈물 흘리지 않는다. 그나마 돼지나 소는 사정이 좀 달랐다. 하얀 작업복을 입은 사람들이 죽은 송아지를 갈고리로 들어 올려 트럭에 싣는 무시무시한 이미지는 그래도 사람들의 뇌리에 확실히 박혀 있는 편이었다.

조류 독감 바이러스가 확산되자 닭들은 모두 가스 살처분되었다. 조류 독감이 뭔지도 잘 모르고 그저 푼돈이 아쉬운 대학생들과 망명 신청자들이 양계장 뒤처리를 하러 왔다. 유통 불가한 가축 사체를 공업용으로 처리하는 회사 트럭들이 그 옛날의 컨테이너를 대신했다. 죽음은 풍경 속에서 사라졌다. 그래서 살아 있는 동물들은 거대한 사육 단지 안에 다닥다닥 붙어 살면서 미친 듯이 수를 불려나갔던 것이다.

에드바르트는 뤼트와 대화를 나누다 보면 더러 이런 주제를 피해갈 수 없었다. 그는 그때마다 명백한 사실들 뒤로 숨었다. 그는 인수 공통 전염병은 대부분 아시아가 진원지라고, 그쪽은 사람과 동물이 접촉하는 일이 더 많기 때문에 그렇다고 설명했다. 아시아에서는 시장에서 오리나 닭을 그냥 쌓아놓고 파는 경우도 드물지 않다. 감염 사슬을 추적하는 것은 어렵지 않았다. 집오리가 야생 오리에게서 바이러스를 옮아와 다시 닭에게 옮기는 경우가 특히 많았다. 아시아의 시장은 늘 사람이 바글바글하다. 그러니 조류 독감 바이러스가 인간에게 처음 감염된 사례가 아시아에서 보고됐다는 점은 전혀 놀랍지 않았다. 여기에 지속적인 도시화와 연간 10억 명의 인구가 세계의 이곳에서 저곳으로 이동한다는 사실을 감안하면 유행성 전염병은 눈 깜짝할 사이에 전 지구 차원으로 확산될 수밖에 없다. 그러므로 닭은 엄격하게 관리된 환경 안에서 키워야 한다. 닭이 양계장 밖으로 나가는 것은 위험 요소가 된다. 닭에게도 그렇고, 사람에게도 그렇다. 에드바르트는 이어서 이렇게 말했다. 잊지 마, 스페인 독감으로 전 세계 인류의 2퍼센트가 죽었어. 그게 무슨 뜻인지 알아? 매달 서너 번씩 장례식에 참석하게 된다는 얘기야.

뤼트는 강력하게 반박했다. 그녀는 세상의 현실이 세상의 올바른 모습은 아니라고 일침을 놓았다. 규모의 경제와 자본주의가 세상을 이 모양 이 꼴로 만들었다고, 자기 남편이 거대 산업의 이익을 위해 일한다고 생각하면 가끔 밤에 잠도 안 온다고 말했다.

에드바르트는 자기도 그런 꼴을 좋아서 보고 있는 게 아니라고 쏘아붙였다. 그의 주위에서 일어나는 일은 당연히 아름답지도 않고 좋지도 않다. 그러나 심미안과 도덕성은 그의 소관이 아니다. 그는 세상이 더 나빠지지 않도록, 세상의 엄연한 현실에서 발생한 질병과 싸우는 것에 만족할 뿐이다.

"그럼, 동물들의 고통은 어떻게 되는 건데?" 뤼트가 물었다.

그에게 이 질문은 고지식하다 못해 황당하게 들렸다.

그는 말했다. "인간도 동물이야."

"고통은 악이야. 당신은 세상에 고통을 늘리는 일을 해서는 안 돼." 뤼트는 지지 않았다.

에드바르트가 이러다 싸움이 날 수도 있을까, 라는 생각에 골몰하는 동안 뤼트가 몰아붙였다. "당신이 고통이 뭔지 알아? 진짜 고통을 알아? 난 당신이 안다고 생각 안 해. 고통이 뭔지 아는 사람이라면 아무 느낌 없이 양계장에 들어가지 못할 거야."

"그럼 닭의 고통을 이해하기 위해서 그 고통을 꼭 몸소 겪어봐야 한다는 얘기야? 당신이 생각하는 닭의 고통은 뭔데?"

"공포와 혼란." 뤼트는 일 초도 망설이지 않고 바로 대답했다.

에드바르트는 그럴 의도가 없었지만 조금 전 그의 물음은 다분히 빈정대는 것처럼 들렸을 것이다. 하지만 그도 양계장을 방문했던 기억을 더듬어보면 '공포와 혼란'만큼 그 가엾은 닭들이 처한 상황을 정확하게 묘사할 수 있는 말은 달리 없었다.

전조들이 나타났다. 에드바르트가 연구소 일지를 읽고 있었는데 그가 막연히 매력적이라고 생각했던 여자 분석연구원 마르욜레인 판 위넌이 다가오더니 이렇게 말했다. "조금 있으면 팔이 짧아 책도 못 읽으시겠네요." 에드바르트가 연구소에 들어설 때면 그녀는 하얀 연구소 가운을 벗곤 했다. 그녀는 늘 가운 속에 네크라인이 가슴 위까지 깊게 파인 티셔츠를 입고 있었다.

그는 장인의 예언이 언짢아 일부러 안경을 맞추지 않았다. 이제 그는 마흔다섯 살이었고, 그 예언은 한두 해 오차도 없이 현실이 되었다. 뤼트는 에드바르트가 휴대 전화나 노트북의 글자를 그때그때 키워가면서 보는 게 더 이상하고 불편해

보인다면서 타원형 돋보기안경을 하나 사다 주었다. 슈베르트와 뫼리케*가 썼던 것과 안경테 모양이 똑같았다. 안경을 써보니 글자들이 말 그대로 눈앞에 달려드는 것 같았다. 왜 지금껏 글자들을 뿌연 안개로 가린 채 읽으려고 했는지 스스로도 이해가 가지 않았다.

이따금 실험용 바이러스를 묻힌 면봉을 족제비 목구멍에 집어넣을 때면 뤼트의 질문이 떠올랐다. '당신이 고통이 뭔지 알아?' 글쎄, 고통의 수용자가 그 고통에 민감한지 무감각한지를 어떻게 알 수 있을까? 그것은 양으로 환산 가능한 범주가 아니다. 고통은 측정될 수 없다. 곰곰이 생각해보면 이해할 수 없는 과학의 누락이다. 그는 점심시간에 연구소 구내식당을 둘러보고는 자기 주위에는 전염병학자, 면역학자, 바이러스학자뿐이라는 현실을 새삼 확인했다. 그들은 모두 현실주의자 중에서도 현실주의자, '현 상황status quo'을 지키기 위해 고용된 자들이었다. 저들은 고통이 뭔지 알까? 자신의 고통과 자기가 다루는 동물들의 고통을 연결할 수 있을까? 그는 자기 점심식사가 놓여 있는 쟁반을 내려다보았다. 우유 한 잔, 쇠고기 커틀릿이 들어간 샌드위치(소들에게는 두 배로 미안한 일이다.), 바

* 에두아르트 뫼리케(Eduard Mörike, 1804~1875) : 독일의 시인이자 소설가.

나나 한 개(바나나도 고통을 느낄까?), 미트파이 한 조각. 파이에 든 것은 돼지고기 같았다. 그는 식탁에서 자기 부서에서 일하는 분석연구원 두 사람을 보았다.

"안녕, 헤스터르. 안녕, 마르욜레인. 내가 두 사람과 합석해서 돼지의 고통이 깃든 이 파이를 먹어도 되겠어?" 그가 말을 건넸다.

"란다우어르 교수님!" 마르욜레인 판 위넌이 대답했다.

에드바르트는 마르욜레인이 자기를 놀리려고 일부러 깍듯하게 부른다는 것을 알고 있었다. 그녀는 눈에 확 띄는 미녀가 아니었지만 그래서 더 사람 마음을 들뜨게 했다. 마르욜레인은 왠지 만만해 보이는 게 매력이었다. 그가 어릴 적, 고향 마을 사람들이 아무 남자 손이나 잡고 교회 뒤로 따라가는 여자라고 흉보았던 누님들과 비슷한 매력.

그는 일주일에 두 번 헬스클럽에 갔다. 한동안은 공원에서 조깅을 했지만 조깅을 하는 다른 사람들과 마주칠 때마다 그들의 시선을 견디기가 힘들었다. 그는 다른 사내들이 자기를 앞지를 때마다 기가 질렸다. 그들은 땀을 비 오듯 흘리면서 그를 추월하고는 들으라는 듯 씩씩거렸다. 저것들이 내 주머니를 털러 오는 강도는 아닐까 싶기도 했다.

그는 헬스클럽에서 천장 가까이 달린 TV 화면으로 상업 방송 프로그램을 보면서 운동을 했다. 그러는 동안에도 스피커에서는 바보 같은 팝송이 쉴 새 없이 흘러나왔다. 방송에선 요리사들과 증권분석가들이 소리 없이 화면에서 왔다 갔다 하고 뉴스 앵커가 특유의 미소를 지어 보였다. 압도적으로 우월한 신체가 시야에 들어올 때에만 그는 화면을 올려다보았다. 7부 레깅스 차림의 엉덩이가 죽여주는 아가씨, 무심한 척 폼을 잡고 스트레칭을 하는 흑인 청년. 멋진 몸을 볼 때마다 자신을 긍정적으로 보려는 마음은 무참히 박살 났다. 웨이트 트레이닝을 하면서도 자기가 머저리, 아무짝에도 쓸모없는 놈 같았다. 사실은 당장 때려치우고 집에 가고 싶은 마음뿐이었다.

헬스클럽에서 몸만들기에 환장한 나르시시스트 호모들의 몰락은 암스테르담 연구소 시절에 신물 나게 봤다. 적어도 그는 지금까지 살아 있다. 에드바르트는 차를 몰면서 그러한 생각으로 자신을 위로했다. 하지만 이 자기방어가 얼마나 허약한지, '적어도 크게 탈 난 데는 없다.'라는 사실에서 얻을 수 있는 위안이 얼마나 보잘것없는지는 자기도 알고 있었다.

예전에는 자기 집에 들어가면서도 낯설었지만 이제 그런 기분은 들지 않았다. 뤼트가 들어오면서 그 집은 비로소 그들의 가정이 되었다. 현관과 아래층 욕실은 뤼트가 '카리브해 색깔'이라고 부르는 색으로 다시 칠했다. 그 욕실 창틀에는 뤼트가 북해의 해변에서 주워온 조개껍데기들이 쪼르르 놓여 있었다. 그 조개껍데기들에서 나온 모래만도 한 무더기는 되었다.

"자기는 어떻게 이러고 살아?" 뤼트가 처음 그와 함께 이 집에 왔을 때 한 말이다. 에드바르트는 긴 의자와 목재와 가죽으로 된 안락의자가 '디자이너' 작품이라고 반박했지만 그녀는 들은 척도 하지 않았다.

뤼트는 그의 서가 앞에서 고개를 삐딱하게 기울이고 한참을 구경하더니 이렇게 물었다. "이 책들을 다 읽었어?"

"내용도 다 기억하고 있어." 그는 대답했다.

얼마 안 되던 살림은 차츰 뤼트가 들여오는 여자 물건과 잡동사니의 홍수에 묻혀버렸다.

그녀는 위층에 자기 공부방을 만들었다. 그리고 그 방에서 드디어 석사 논문을 완성했다. 본인이 의욕이 있었다기보다는 부모 세대가 주입한 의무감에 떠밀려 완성은 보았던 것이다. 원래 그 방은 뤼트가 쓰기 전까지는 아무것도 없었다. 이삿짐 상자 하나, 쿠션이 다 꺼진 의자 하나 없었다. 부동산에서 처음 집을 보여줬을 때에는 그도 분명히 그 방에 들어가보았다. 하지만 그가 집을 사고 나서는 그 방에 들어갈 이유가 없어서 내처 비워두게 됐다. 에드바르트의 설명을 듣고 뤼트는 놀라는 눈치였다.

"푸른 수염의 방이네. 아무것도 없긴 하지만."

그 사이에 뤼트는 사회생활을 시작했다. 그녀는 가계의 금융 행동을 연구하는 재단에 일주일에 나흘 출근하고 사회고용부 산하에서 저소득층의 경제 금융 상황과 관련하여 자문역도 맡고 있었다. 한번은 부부가 같은 날 저녁 뉴스에 나온 적도 있었다. 뤼트는 노년층의 드러나지 않은 빈곤에 대해서 얘기했고, 에드바르트는 바이오테러리즘의 위협에 대해서 설명했다.

"당연하게 돌아가네. 당신은 상업 방송, 나는 공영 방송."

아스펜 스키 여행에서 뤼트는 과학과 산업의 상호 의존을 새삼 깨달았다. 에드바르트는 연구자 입장에서는 어쩔 수 없다고 그녀를 납득시키려 애썼다. 기업의 지원 없이는 기초 연구가 불가능한 분야가 어디 한두 군데인가. 실제로 그의 교수 자리도 다논 사와 글락소스미스클라인 사가 만들어준 것이었다. 그는 그런 말로 뤼트의 반감을 없애보려고 노력했다. "난 당신을 믿어. 하지만 그러면 안 되는 거라고 봐. 그게 정상일까? 당신이 어떻게 객관적일 수 있겠어? 그 회사들이 뭘 만드는지 몰라? 약 아니야?"

"약…… 온갖 것을 다 만들지."

"그 회사들이 바라는 것도 없으면서 호화판 미국 여행을 보내준다는 말은 하지 마. 난 안 믿어."

"순수 과학 쪽은 옛날부터 그랬어. 세상을 등진 채 순수한 지적 관심을 따라 움직이는 연구자는 진즉에 멸종됐어. 이미 옛날 옛적에 사정이 변했다고."

"그게 내 질문에 대한 답은 아니지."

뤼트는 발길질하듯이 구두를 벗어던졌다. 지금 분위기로 보아 좋은 조짐은 아니었다.

"이게 아주 복잡한 문제이긴 해. 하지만 발단은 아주 단순하다고. 우리는 문제를 해결하려고 하는 거야. 당신이 진드기에게 물렸거나 아프리카의 감비아에서 안전하지 않은 섹스를 했다고 생각해봐. 의사들이 손 놓고 당신 죽는 꼴만 보게 할 수는 없잖아."

그는 뤼트에게 손을 내밀었다.

"안전하지 않은 섹스 얘기가 나온 김에……."

"지금 토론 중이잖아! 나 참!"

어느새 그녀는 공격적인 감정에 빠져서 자신의 대의를 옹호하기 위해서라면 이성이고 뭐고 내던질 태세였다.

"내가 당신에게 뭐라고 말해주기를 바라? 내가 산업의 앞잡이라고? 그렇지 않아. 그렇게 될 위험은 있을까? 그래, 있어. 내가 봐도 아슬아슬한 젊은 애들이 있어. 과학자로서 넘어서는 안 될 선을 가끔 넘는 애들도 있다고. 그렇다고 해서 당신이 우리 쪽 사람들을 다 싸잡아 욕해도 돼?"

"내가 본 바로, 그 학회에 참석한 사람들은 다 그랬어. 그래, 전부 다. 먹고 마시고 스키 타고 친목이나 쌓고…… 그러다 또

먹고 마시고 스키 타고……."

"그 말은?"

"당신도 대접만 받다가 왔잖아. 운전기사, 환영 파티, 특급 호텔 객실, ……."

"대접이 불편하다는 사람이 그렇게 희희낙락 즐기다 왔어?"

뤼트가 벌떡 일어나 주방으로 들어갔다. 그는 손에 잔을 들고 그녀를 따라갔다. 뤼트는 창 너머로 어두컴컴한 정원을 응시하고 있었다. 머리칼 한 올이 그녀의 얼굴에 떨어졌다.

"당신도 알겠지만," 그녀는 뒤돌아보지 않은 채 입을 열었다. "나는 그런 행사에 처음 가봤어. 그런 유혹이 있을 거라고는 상상도 하지 못했어. 그래, 정말 근사하더라. 산해진미, 고급 포도주, 눈 덮인 산. 정신 못 차리고 빠져들었어. 하지만 지금은 그게 어떤 건지 알아."

뤼트가 그를 향해 고개를 돌렸다. "부부 동반 참석은 이제 두 번 다시 없을 거야. 당신이 나를 이해해주기 바라."

뤼트의 분노는 일종의 체념으로 변해 있었다. 하지만 이제 에드바르트가 속에서 열불이 났다. "그러니까…… 그래……." 그는 눈을 감고 고개만 끄덕였다. 팔자 좋은 여행, 고급스러운 목재 널판과 거울로 벽면이 마감된 호텔 ── 그런 것들은 그가 꿈꾸는 아내와의 삶에서 이미 한자리를 차지하고 있었다. 그런데 지금 아내는 그를 의심스러운 인간 취급을 한다. 뤼트는 힘이 잔뜩 들어간 남편의 턱을 보고 한 번 터지겠구나 생각했지만 에드바르트는 가까스로 분노를 삼키고 다시 눈을 떴다.

"당신의 신마르크스주의자 친구들이 아주 자랑스러워하겠군. 하지만 난…… 이런 거 재미없어." 에드바르트가 천천히 말했다.

그게 다였다. 그는 거기까지만 했다. 그러고는 뤼트를 주방에 내버려둔 채 혼자 위층으로 올라갔다. 불만을 해소하지 못한 아내는 병에 남은 포도주를 혼자 홀짝였다.

그녀는 그가 많이 참는다는 것을 알고 있었다. 에드바르트는 부부 싸움을 해도 화가 난다고 이성을 놓아버리는 법이 없었다. 그는 늘 자기를 다스렸다. 그럴 때면 육체적인 기력 소모가 몸싸움 못지않게 극심했다.

그는 생각했다. 만약 부부 싸움이 점점 더 잦아지고 그러다 사랑이고 나발이고 다 깨지더라도 뤼트는 새 출발 하겠다고 마음먹으면 얼마든지 할 수 있을 것이다. 사회생활도 괜찮게 풀렸고 매력이 철철 넘치는 데다가 아직도 겨우 서른한 살 아닌가. 그녀는 아직도 한 번, 아니 두 번까지도 새로운 삶을 꾸릴 수 있다. 아이도 충분히 낳을 수 있다.

그는 지난번 생일을 그냥 조용히 넘겼다. 그날은 지인들의 전화도 받지 않았다. 그냥 부부끼리 공원 근처 식당에서 오붓하게 저녁을 먹었다. 뤼트는 하얀색 글자판의 오메가 시계를 생일 선물로 주었다. 그녀는 그의 손목에 시계가 너무 빈약해 보인다고 말했지만 그는 이 사치스러운 선물에 기뻐서 어쩔 줄 몰랐다. 잠시 후, 술이 꽤 들어간 에드바르트가 믿을 수 없다는 듯이 "마흔여섯이야." 소리를 몇 번이나 했다. 그러자 뤼트는 시계의 의미를 오해하지 않았으면 좋겠다고 말했다. 시계는 지나간 시간을 아쉬워하라고 있는 게 아니라 남아 있는 시간을 일깨워주는 물건이라나.

자정 즈음에 뤼트가 옆에 와서 눕는 바람에 그는 얕은 잠에서 깼다. 부부는 어둠 속에서 서로의 숨소리에 귀를 기울였다.

뤼트의 남동생 프리소 발타는 세상의 모든 나타샤들이 "자기야."라고 부를 만한 청년이었다. 전위파 시인처럼 수척한 얼굴, 정장을 갖춰 입고 태어난 사람처럼 완벽한 매너. 여인들은 그가 잠든 동안 금빛 턱수염을 손으로 쓸어보거나 머리카락을 애무했다. 그는 오스트레일리아에서는 양을 쳤고, 페루의 리마 거리에서는 악기를 연주했다. 하지만 그렇게 사는 것도 이제 끝났다. 그가 홀딱 반했던 여자는 그보다 더 자기밖에 모르는 인간임이 분명했다. 탁자 위에 쪽지 한 장만 남겨놓고 애도 떼어놓은 채 암스테르담의 남동부 근교로 훌쩍 떠나버렸으니까.

아이의 이름은 휜터르였다. 미국의 컬트 작가 이름을 딴 것이었다.* 발리 해변에서 잉태된 아이는 프랑스 옹플뢰르의 한 병원에서 태어났다. 횐터르는 네 살이지만 입술 주변 근육이 너무 약해서 아빠 이름도 겨우 발음할까 말까다. 아이가 옹알이 비슷하게 뭐라고 우물거리면 한두 단어 정도 알아들을 수 있었다. 기저귀를 갈아야 할 때는 "지지."라고 했고 목이 마르면 "무, 무." 소리를 했다. 애 아빠는 기타를 치면서 "오, 아가야, 아가야, 세상은 험하단다Oh baby, baby, it's a wild world."** 노래를 부르다가 결국은 제 감정에 취해 눈물을 흘린다. 아이는 집에 분유밖에 없기 때문에 만성 설사로 고생을 한다.

오후가 되어 부자는 지하철을 타고 암스테르담 시내로 나간다. 수리남 여자는 충격을 받는다. "세상에, 애는 너무 창백해요! 햇볕을 쬐어야 해요!"

프리소는 로킨 거리에서 캣 스티븐스의 노래를 부른다. 행인들이 간간이 모자에 동전을 던져주면 그는 순하게 미소를 짓는다. 프리소의 목소리는 음역대가 높고 비성(鼻聲)이 좀 섞여 있다. 아이는 유모차 안에서 잤다.

다섯 살이 된 횐터르는 유치원에 간다. 담임 선생님은 아동

---

* 미국 작가 헌터 S. 톰슨(Hunter Stockton Thompson, 1937~2005)을 가리킨다. 네덜란드 식으로는 '횐터르'라고 읽는다.
** 미스터 빅(Mr. Big)의 노래 「와일드 월드(Wild World)」의 노랫말.

복지부에 올리는 보고서에 아이가 정신 연령은 세 살 수준이며 언어 발달 지체가 있다고 기재한다. 휜터르는 걷는 것보다 기어다니기를 더 좋아한다. 애 아빠는 '어릴 때 병도 앓아볼 권리가 있다.'라는 생각으로 어떤 종류의 예방 접종도 하지 않았다. 프리소는 아이를 위탁 가정에 보내겠다는 위협을 받고서야 아동 보육 지원을 받기로 한다. 일주일에 두 번 여자 선생님이 와서 아이와 놀아주고 언어 놀이를 함께 한다. 이 선생님과 함께 있을 때면 휜터르도 멍한 상태에서 가끔 벗어난다. 수요일 오후에는 다른 여자 선생님이 와서 프리소에게 육아의 기초를 가르친다. 휜터르는 안색이 많이 좋아지고 이제 "휜터르는 바나나 먹고 싶어." "아빠 바보." "바다표범이 있어!" 같은 짧은 문장을 그럭저럭 구사한다. 사회복지사들은 후속 조치가 필요하지만 "아이 아빠가 분명히 조언을 이해하고 실천할 수 있는 것으로 보임."이라고 보고한다. 그래서 가정보육교사는 이제 3개월에 한 번만 오게 되었는데 사실상 한 해 평균 두 번 방문이 이루어지면 다행이다. 방문 약속이 취소되면 날짜를 다시 잡는 게 아니라 그냥 그 방문 기회가 날아가기 때문이다.

그렇게 휜터르는 낯빛이 나쁘고 불안정한 아이로 자랐다. 그의 아버지는 세상을 포기했다는 듯이 살아가는 것에 자부심을 느꼈고, 그래서 자기 자신과 자기 새끼에게마저 손을 놓아버렸다.

어느 날 아침, 초인종이 울린다. 뤼트가 나가서 문을 연다. "늘씬하고 어여쁜 우리 누나." 문 앞에 서 있던 남자가 말한다.

뤼트는 뭐라고 말해야 좋을지 모르지만 일단 동생에게 들어오라고 한다. 함께 온 남자아이가 동생 뒤로 숨는다. 뤼트는 쪼그려 앉아 아이와 눈을 맞추고 이렇게 말한다. "꼬마 신사도 함께 왔네. 네가 횐터르 맞지?"

주방 식탁에 둘러앉은 후에 뤼트는 무슨 일로 왔는지 묻는다. "엄마에게 누나 주소를 받았어." 그녀는 아이를 유심히 바라본다. 아이는 뭔가 문제가 있어 보이는데 정확히 어디가 이상한지는 잘 모르겠다. 아이는 공갈 젖꼭지를 쪽쪽 빨고 있다.

"가장은 어디 가셨남?" 프리소가 묻는다.

"네 매형이야 직장에 있지."

"세상 사람들이 다 똑같이 살지는 않아." 프리소는 도둑놈 같은 눈빛으로 집 안을 둘러본다. "집이 아주 근사하네요, 사모님. 저쪽 모퉁이에 놀이터도 있더라. 어린아이에게 필요한 건 다 갖춰졌네."

뤼트는 어느 시점에서—프리소가 아직 어렸을 때—동생을 잃었다고 할 수 있다. 그는 누나에게, 아니 세상 모든 이에게 이방인이 되기로 작정했으니까.

프리소는 아이를 일주일만 맡아달라고 말한다. 스위스 몽트뢰에 가서 해결할 일이 있다나. 정확히 무슨 볼일인지는 말하지 않는다.

　그날 저녁 그녀는 에드바르트에게 말한다. "이게 무슨 일인가 깨닫기도 전에 동생 녀석이 내빼버렸어."

　"게릴라 전술이군."

　그들은 소파에서 누비이불을 덮은 채 잠든 아이의 얼굴을 바라본다. 발타 집안 특유의 금발이 얼굴을 가리고 있다. 아이는 입으로 숨을 쉰다. "애는 귀엽네." 뤼트가 말한다.

　"아이 엄마는 어디 있어?"

　"프랑스 여자였을걸, 아마. 어머니 말로는, 여자가 동생에게 애를 남겨놓고 집을 나갔대. 나야 언제든 부모님이 계신 프리슬란트에 데려다주면 되지만……."

　"되지만?"

　"내 조카잖아. 난 애를 전혀 몰라. 며칠은 내가 봐줄 수 있어……."

　그리하여 그들은 한 주간 아이를 데리고 지낸다. 에드바르트는 그 한 주 내내 프리소가 영영 나타나지 않고 그들이 휜터르를 떠맡게 되는 게 아닌가 걱정한다. 아이는 그를 "에프"라고 부른다. 그는 휜터르를 빌헬미네 공원 놀이터에 몇 번 데리고 간다. "에프, 안아줘!" 휜터르는 절대로 자기 발로 미끄럼틀 계단을 올라가지 않는다. 에드바르트는 아이를 번쩍 안아 들어 미끄럼틀 위로 올려준다. 휜터르는 미끄럼틀을 타고 내려오면서 꺄아, 꺄아, 괴성을 지른다. 휜터르는 자기보다 더 나이가 어린 아이들보다도 운동 능력이 한참 뒤처진다. 아이는 놀이 기구들 사이를 포동포동한 다리로 아장아장 돌아다니면서도 절대로 에드바르트에게서 시선을 떼지 않는다. 아이는 대체로 소극적이었지만 가끔씩 심통을 부리며 다른 아이들의 모래 놀이 삽과 양동이를 빼앗기도 한다. 소피인지 올리비에인지, 그렇고 그런 이름의 아이들은 절대로 폭력을 쓰면 안 된다고 배웠기 때문에 휜터르가 생떼를 써도 크게 발끈하지 않고 참아준다. 부모들의 전략이 아이들을 피해자로 만든 것이다. 에드바르트는 암묵적으로 휜터르 편을 들어주면서 지켜보다가 나중에 자기가 장난감을 주워서 아이들에게 돌려준다.

뤼트가 그들에게 온다. 그녀는 오렌지색 숄을 어깨에 둘렀다. 여름은 코빼기를 보여주지 않는다. 나무들의 꼭대기에 걸린 하늘은 활기 없고 칙칙했다. 화산암의 색깔.

그녀는 자신을 어머니의 모습으로 그려본 적이 없었고 그 나이가 되도록 늘 아가씨처럼 살아왔다. 하지만 요즘 들어 몸은 바쁘고 답 없는 생각이 많아지면서 문득 어떤 아이가 눈앞에 떠오르곤 한다. 그 아이는 얼굴이 없다. 아직은 가볍고 포근한 물질로 이루어진 존재, 아이다움의 본질에 불과하다. 그러한 상상은 백일몽일 뿐이었으나 이따금 뤼트의 의식으로 떠올라 구체적인 생각이 되었고 차츰 밀도를 더해갔다. 에드바르트가 벤치로 와서 그녀와 나란히 앉는다. 그녀는 에드의 이마 머리선에 맺힌 땀방울을 바라본다. 그가 웃으면서 말한다. "우리도 저런 아이 하나 낳으면 어떨까? 당신은 어떻게 생각해?" 그 순간 뤼트는 남편이 죽도록 사랑스러워서 눈물이 난다.

차마 말하기 어려운 또 다른 생각이 그녀의 마음속에서 또렷해진다. 아이가 생기면 이 고독한 기질의 남자와의 관계도 좀 더 돈독해지겠지. 제삼자가 들어오면 새로운 원동력이 생길 것이다. 아무런 교란 요소 없이 그저 안온하게 평생을 이 남자와 함께한다고 생각하면 불안해졌다. 그들은 차츰 얼음 결정에 뒤덮일 것이다. 하얀 서리가 에드바르트의 수염에 내려앉을 것이다. 뤼트의 얼굴에, 눈가와 입가에도 내려앉을 것이다. 두 사람은 아무 느낌도 없으면서 다정한 포즈를 취한 채 굳어버릴 것이다. 그렇게 얼음에 꽁꽁 갇힌 채 파국을 기다릴 것이다.

에드바르트는 아내의 어깨에 팔을 둘러 자기 몸으로 폭 감싸 안는다. 휜터르가 그들을 봤다. 에드바르트의 관심이 자기한테서 다른 데로 옮겨간 게 속상한 아이는 혼자 시소에 가서 앉는다.

그날 저녁, 휜터르는 그들이 이케아에서 급히 사온 어린이 침대에서 잠이 들었다. 뤼트가 갑자기 이 말을 뱉는다. "에드, 나도 아이를 원하는 것 같아."

그는 한참 말이 없다가 이렇게 대꾸한다.

"그럴까 봐 두려웠어."

뤼트는 그의 얼굴을 바라본다. 하지만 그 얼굴은 다정하고 비꼬는 기색은 전혀 없다. 그녀는 그의 앞으로 다가가 노예가 주인에게 하듯 무릎을 꿇는다. 그러고는 한 손을 내밀어 그의 손을 잡고 엄숙하다고 해도 좋을 만한 말투로 묻는다. "내 생각은 별개로 하고, 당신이 어떻게 생각하는지 알고 싶어."

그는 휜터르가 잠들어 있는 위층을 올려다본다. "저 아이 때문이야?"

뤼트가 어깨를 으쓱한다.

"내 생각엔," 에드가 입을 연다. "그래야만 하지 않나 싶어……. 아이가 생기면 우리 생활은 완전히 바뀔 거야. 그렇긴 해도…… 다들 애 낳고 잘 살잖아? 우리라고 그렇게 하지 못하란 법 있어?"

그는 잠시 사이를 두었다가 묻는다. "그런데 아들이 좋을까, 딸이 좋을까?"

그는 술잔을 채우면서 알코올이 정자의 질에 미치는 효과를 생각했다. 꼭 임신 때문이 아니라 요즘 들어 성욕이 예전만 못하다고 느끼던 터였다. 그는 그게 다 술 때문이라고 생각하고 싶었다.

2005년 봄에 그들은 프랑스 생발레리쉬르솜에서 결혼한다. 그날은 오전에 빗방울이 좀 떨어졌지만 구름이 바다 쪽으로 걷혀서 하늘이 깨끗하다. 예배당은 마을에서 지대가 좀 높은 들판에 자리 잡고 있다. 얼마 안 되는 하객들이 긴 나무 의자에 앉았다. 중요한 손님 중에서 빠진 사람은 프리소와 휜터르뿐이다. 뤼트는 결혼식을 하루 앞두고 몇 번이나 전화를 걸었지만 동생은 받지 않았다.

"나중에라도 얼굴을 내밀지 몰라. 안녕, 나 왔어, 라면서."

에드바르트는 한 손으로 뤼트의 뺨을 감싼다. 그녀의 얼굴에서 속상한 기색이 사라진다.

결혼식을 집전한 사제는 냉랭한 금욕주의자다. 그는 성 발레

리우스라는 이름으로 시성(諡聖)*된 중세의 은자 발라리크의 무덤에 멈춰 선다. 이 무덤에서 숱한 기적들이 일어났다나. 사제는 엄숙하고 결연한 어조로 신랑 신부를 축복한다.

해가 중천이다. 햇살 속에서 쌀알들이 반짝반짝한다. "무슨 말인지는 하나도 못 알아듣겠지만 참 근사하군." 에드바르트의 장인이 한 말이다. 샴페인으로 축배를 들고 나서 일행은 '정결의 샘'으로 내려간다. 예배당이 위치한 언덕 아래에서 흘러나오는 이 음침한 샘은 평소에 쇠창살문으로 폐쇄되어 있다. 사제에게 열쇠가 있지만 그는 이미 자신의 푸조 승용차를 몰고 좁다란 시골길을 달리는 중이다. 에드바르트와 뤼트는 문 위쪽 돌에 새겨진 '피데스FIDES'**라는 글씨가 잘 보이게 포즈를 취하고 사진을 찍는다. 그런 다음 쇠창살 사이로 동전을 던져 검은 샘물에 넣고는 다시 한 번 키스를 한다. 일행은 환호성을 지르고 박수를 친다.

취기도 오르겠다, 기분도 좋겠다, 그들은 들판을 가로질러 마을로 돌아간다. 언덕 아래 강어귀에서는 물이 빠져서 평탄한 진흙 바닥이 햇살을 받아 거울처럼 빛난다.

부둣가 식당 남자 화장실에서 그는 얼른 거울을 들여다본다.

---

* 가톨릭에서, 죽은 후에 성인품(聖人品)으로 올리는 일.
** 로마 신화에 나오는 정절과 신뢰의 여신.

회색 가닥이 간간이 섞여 있는 턱수염, 맨 위 단추 두 개를 풀어 헤친 새하얀 셔츠, 그는 어떤 그리스 가수와 비슷해 보인다.

얼음을 깔고 해산물을 가득 담은 은빛 식기들이 식탁마다 놓였다. 풍족함을 느끼게 하는 광경이다. 에드바르트는 게 다리 껍데기를 자르고 살을 파내는 아내의 옆모습에 눈길을 준다. 이번만은 예외야, 라고 뤼트가 말한다. '지속 가능한 어업 생산물'을 프랑스어로 뭐라고 하는지 모르기 때문에 이번만은 그냥 따지지 않고 먹는 거라나. 에드바르트는 어머니가 살아 계셔서 이 행복한 자리에 함께하시면 얼마나 좋을까 생각한다. 양털처럼 새하얀 머리를 한 아버지는 에드바르트와 거의 마주 보는 자리에 재혼한 아내와 나란히 앉아 있다. 아버지는 이 자리에 어머니와 함께 있어도 지금과 똑같이 행복할까? 에드바르트는 궁금해진다. 전에 어디서 읽은 것처럼, 인간은 평생 오직 한 사람만을 온전히 사랑할 수 있는 걸까? 아니면, 마땅히 두 번째 기회를 누릴 권리가 있는 걸까? 생이 그렇게 관대하려나? 에드바르트는 뤼트가 없는 삶을 생각하면서 감미로운 고통을 예감하지만 어쨌든 오늘처럼 그의 잔이 차고 넘치는 날이 또 오리라고는 상상할 수 없다.

그는 연둣빛이 도는 차가운 술을 들이켠다. 뤼트가 그에게 몸을 기울여 귓속말을 한다. 사랑해, 자기야, 조금 있다가 우리 둘만의 시간이 되면······.

저들이 행복에 젖어 있게 내버려두자. 내륙 깊은 곳의 수원(水原)에서 250킬로미터나 흘러내려온 강의 하구에, 저대로 내버려두자.

기다려도 임신이 되지 않았기 때문에 뤼트는 난임 검사를 받기로 했다. 병원에서 에드바르트는 작은 방에 따로 들어가 수음을 해야 했다. 손을 많이 탄 태가 나는 포르노 잡지들이 널려 있었고 포르노그래피의 선사 시대에서 튀어나온 것 같은 야한 동영상이 무음 상태로 재생되고 있었다. 그는 눈을 감고 마르욜레인 판 위넌을 생각했다. 그녀가 연구소 가운의 스냅 단추를 하나씩 풀어헤친다. 그녀의 젖가슴, 젊음의 윤기가 흐르는 피부. 마르욜레인이 의자에서 몸을 뒤로 젖힌다. 실험실 환풍기에 기댄 채로 그의 물건을 몸속에 받아들인다…….

접수대 여직원이 그의 개인 자료를 받아들고 병에 스티커를

붙였다. 이로써 그의 정자가 그의 옆에 앉아 있는 견과처럼 딱딱하고 표정 없는 북아프리카 사내의 정자와 뒤바뀔 위험은 없어졌다. 그들은 잠시 후 주차장에서 서행으로 차를 빼다가 또 마주쳤다. 그 흑인 사내의 차는 낡아빠진 피아트였고 그의 차는 폭스바겐 투아레그였다. 그의 씨도 이민자의 씨 못지않게 문제가 많을지 모르지만 어쨌든 그의 차가 더 좋았다.

몇 주 후, 산부인과 의사는 그의 정자 생존율이 35퍼센트밖에 안 된다고 알려주었다. "보통 이런 수치는 트럭 운전사들에게서 볼 수 있지요." 의사 뒤쪽 게시판에는 출산 통지서들이 압정으로 꽂혀 있었다. 경사, 경사, 경사! 의사는 임신시키는 능력이 뛰어난 남자들을 중심으로 그동안 연구를 해왔다고 설명했다.

"포르쉐가 왜 좋은 차인지 알려면 포르쉐를 연구해야지, 트라반트를 연구할 필요는 없잖아요!"

그들은 앞으로 어떤 절차를 밟게 될지 설명을 들은 후 진료실에서 나왔다. 난임 부부가 겪는 절망의 성격과 수준에 따라서 그들은 단계적으로 현대 보조 생식 기술의 쾌거들을 시험해보게 될 터였다. 일단은 인공 수정과 시험관 아기 시술이 있었다. 이 시술로 안 되면 ICSI(intracytoplasmic sperm injection : 세포질 내 정자 주입술), 즉 죽은 놈들은 내버려두고 가장 활발한 정자들을 채취하여 난자 세포질에 직접 주입하는 방법을 쓸 수도 있다. 이렇게 해서 얻은 수정란 두 개를 자궁에 이식한다. 이 때문에 난임 시술을 받은 부부는 쌍둥이를 얻는 경우가 많다. 실내 주차장에서 뤼트는 에드바르트의 사타구니를 검지로 슬쩍 어루만지면서 말했다. "자기는 트라반트야?"

의무감이 그들의 성생활에 비집고 들어왔다. 그들의 몸은 사랑을 나누는 동안에도 편하게 풀어지지 못했다. 뤼트는 달력에 임신 가능성이 높은 날들을 표시했다. 에드바르트는 아내의 가임기 한 주 동안은 금주를 해야 했다. 가끔은 그가 너무 심하게 구시렁대서 뤼트도 언성을 높였다. "젠장, 마셔, 마셔! 술병 따!"

저녁에 그는 욕실 거울 앞에서 젊은 여자와 늙은 남자를 보았다. 조지 오웰이 그랬던가, 사람은 쉰 살이 되면 누구나 자기에게 맞는 얼굴을 갖게 된다고. 하지만 에드바르트는 마흔 여덟을 목전에 둔 지금, 이미 그 순간이 왔음을 확신했다. 늘 피곤에 찌들어 졸음을 떨치지 못한 얼굴로 남은 날들을 살게 될 순간이.

그는 뤼트와 자신이 어느새 세대 차이의 비극에 걸려들었음을 확인했다. 뤼트는 에드바르트의 성격보다는 그의 나이에 맞춰 살아왔다. 그래서 지금까지 매사가 원만했던 것이다. 그녀는 에드바르트 때문에 늙었고, 그는 뤼트 때문에 실제보다 더 늙어버렸다. 그는 그녀 앞에서 옷을 벗을 때면 허리를 숙이지 않으려고 조심했다. 그런 자세를 했다가는 늘어진 가슴과 뱃살이 몸뚱이에서 뚝 떨어져나가 형체 없는 덩어리처럼 굴러다닐 것 같았다. 하지만 치약 뚜껑이 바닥에 떨어지면 무릎을 꿇지 않고 주울 방법이 없었다. 그는 그렇게 몸을 구부렸다가 펼때마다 앓는 소리를 내지 않으려고 주의했다.

그는 어쩌면 그가 겪는 이 곤란이 부처가 말하는 고통의 주요한 원인 중 하나일 거라는 생각이 들었다. 자신의 쇠락을 날카롭게 의식하는 이 괴로움이란. 자기와 비슷한 또래 여자를 만났다면 이렇지는 않을 것 같았다. 피차 쇠잔해가는 모습을 조용히 못 본 체하면서, 그렇게 부부가 함께 점잖게 늙어갈 수도 있으리라.

뤼트와 그는 함께 늙어갈 수 없을 것이다. 그는 이미 늙어버렸고, 일반적인 인구 법칙을 적용해보건대 결코 뤼트의 노년을 볼 때까지 살 수 없을 것이다. 시간을 처음으로 되돌릴 수만 있다면 뭐든 못 내놓을까! 그때만 해도 나이 문제로 이렇게까지 괴로워하게 될 줄은 몰랐다! 그녀를 차지하고서 느꼈던 그 승리감! 하지만 그는 6년이 지난 지금에서야 그것이 결코 거머쥐어서는 안 될 승리였음을 알았다. 출발은 의기양양한 승리였으나 이제 남은 것은 불리한 싸움뿐이었다.

그는 매일 아침 이런저런 알약을 한 움큼 챙겨 먹었다. 효과가 아주 확실하지는 않거나 전혀 입증되지 않은 건강 보조

제품들이었다. 그는 해조류, 인삼, 프로폴리스가 젊음과 활력을 되찾아줄 수도 있다는 비이성적인 믿음이 약간 부끄러웠다. 하지만 집에 들어가기 전에 잔디에 신발을 닦던 헤르만 비흐볼뒤스를 떠올리자 그렇게까지 부끄러울 것도 없다는 생각이 들었다.

요컨대, 옛 지도 교수나 야프 헤르손과 자기를 비교할 수는 없었다. 그들은 둘 다 성격이 여간하지 않았고 자기가 잘해서 행복하게 잘 사는 거라고 생각하는 독불장군이었다. 그들은 낙하산 요원처럼 인생에 훅 내려와 무력으로 행복을 거머쥐었다. 맙소사, 그 안하무인의 힘이란! 에드바르트는 그 힘을 모방할 줄은 알았지만 정말로 소유하지는 못했다. 그 힘을 넌지시 드러내어 여자를 유혹하는 데까지는 가능했지만 여자에게 지속적인 확신을 주지는 못했다.

뤼트가 샤워를 오래 했다. 섹스를 할 생각이라는 신호였다. 그는 오늘 자기가 그만큼 성욕이 일어나기나 할까 고민했다. 입술로 애무하면서 시작하면 괜찮겠지.

그녀는 희뿌옇게 흐려진 샤워 부스 문을 문지르더니 그 자리에 코를 대고 짓눌렀다. 에드는 샤워 부스 밖에서 그 자리에 대고 키스를 했다. 샤워기에서 물 떨어지는 소리 너머로 그녀의 목소리가 말했다. "금방 갈게." 그는 침대에 누워 성기를 주무르며 활력 없이 늘어진 놈을 미리 조금이나마 살려보려 애썼다.

손가락이 닿기가 무섭게 물건이 발딱 일어나던 시절이 생각났다. 그러나 이제는 작정하고 공을 들여도 뤼트 말마따나 "고개를 드는" 수준밖에 안 됐다.

그는 학생들에게도 이렇게 말한 적이 있었다. "나한테 여러분이 누리지 못하는 특권이 하나 있다면, 나는 여러분 나이의 삶이 어떤 건지 잘 알지만, 여러분은 이 나이 먹어서 산다는 게 뭔지 꿈에도 모른다는 겁니다. 이게 우리의 유일한 특권이지요. 나머지는 다 여러분 거예요. 세상이 젊은 사람들을 위해 존재하지요. 구매력은 우리가 쥐고 있다지만 미래라는 훨씬 더 값진 자산은 여러분 거예요. 그 미래가 뭐가 될지는 모르지만요."

잠시 후, 뤼트가 옆에 와서 눕더니 이렇게 속삭였다. "미안, 오늘은 해야 하는 날인 거 알지?" 그는 뤼트처럼 독보적인 미녀에게도 아무 느낌 없이 익숙해질 수 있다는 사실을 저주했다. 이 저주는 이번이 처음도 아니었다. 모든 것은 일상이 되어버렸다. 이 익숙함이 죽음의 예비 단계가 아니면 뭐란 말인가? 뤼트의 아름다움조차 성적인 쾌감을 보장해주지 못했다. 아니, 되레 역효과를 내고 있었다. 마르욜레인 판 위넌 같은 여자가 아내보다 확실히 더 꼴리는 매력이 있었다. 뤼트가 백 배 천 배 더 예쁜데도 어쩔 수 없었다. 그는 마르욜레인을──그녀의 항문에 손가락을 쑤셔 넣는 장면을── 상상하면서 밤일을 무사히 치러냈다.

네이머헨 대학교 심리사회학과에서 실시한 연구 조사에 따르면, 아내의 임신 기간에 남편이 바람을 피울 확률은 비임신 기간에 비해 27배나 더 높다고 한다. 아내가 병중이거나 회복기에 있을 때에는 필연적으로 아내의 미모와 활력이 떨어질 수밖에 없는데도 남편은 잘 참는다. 그러나 아내가 임신을 하면 남편은 막가기 십상이다. 아내가 호르몬 주기에 따라 성욕을 느끼고 풍선 같은 배를 한 채 섹스에 집착하면 남편은 질겁한다. 그는 부풀어 오른 음순과 과하게 젖은 질에도 다소 혐오감을 느낄지 모른다.

게다가 남자는 확실하게 예감을 한다. 대개의 경우는 현실이 되고야 마는 예감을. 아이가 태어나고 나면 사람마다 정도의 차이가 있을 뿐 남자의 인생은 끝난다. 사내로서의 인생은 사실상 과거가 된다. 이 정도면 불륜의 유혹에 빠지기에는 충분한 이유 아닌가.

에드바르트는 자기 부서 전체를 데리고 암스테르담에 다녀왔다. 그들은 암스테르담의 운하와 에이 강을 유람선을 타고 둘러보았다. 스파위 광장의 카페 호페Hoppe에서 술자리를 가진 후, 에드바르트는 위트레흐트까지 열차를 타지 않고 택시를 잡아 집에 돌아가기로 마음먹었다. 마르욜레인 판 위넌이 택시 뒷좌석에 그와 나란히 앉았다. 그들이 키스를 하는 동안 마르욜레인이 그의 바지 앞섶을 열고 맹렬하게 애무해주는 바람에 오르가즘까지 갈 뻔했다. 에드바르트는 그래도 그 직전에 마르욜레인의 손을 뿌리칠 정신은 있었다. 그들은 중앙역에 내려서 공중화장실로 들어갔다. 그는 1유로 동전을 꺼내면서 생각했다. 오줌 한 번 갈기는 데 1유로는 비싸지만 섹스 한 번에 1유로면 거저먹기군. 그는 화장실 문을 잠그고 마르욜레인의 바지와 팬티를 벗겼다. 그녀는 변기에 앉아 두 손으로 변기 뚜껑을 잡고 몸을 지탱한 채 뒤로 기댔다. 그는 바지 앞 지퍼를 내리고 무릎을 구부린 채 그녀의 다리 사이를 파고들었다. 그렇게, 지린내가 고약한 공중화장실에서, 보랏빛 도는 네온등 아래서, 그는 마르욜레인 판 위넌과 처음으로 섹스를 했다. 첫 경험처럼 짜릿한 섹스였고, 어떤 의미에서는 정말로 처음이었다.

마르욜레인은 화장실 벽에 기댄 채 성녀처럼 미소를 지었다. 그래, 이거였어. 에드바르트는 생각했다. 돌아올 수 없는 선을 넘는다는 것은 이런 거였어. 마르욜레인 판 위넌의 음부, 거기가 우주의 중심이었다.

뤼트의 임신 기간은 꿈처럼 무탈하게 흘러갔다. 뤼트와 친한 다른 여자들은 입덧과 시도 때도 없는 통증을 심란하게 경고했지만 그녀는 그러한 신체적 불편을 거의 겪지 않았다. 가끔 멍하니 정신이 나가긴 했지만 현실 세계와의 접촉이 잠시 멈추는 듯한 그 느낌도 그녀는 나쁘지 않았다. 뤼트가 쓰던 공부방은 아기 방이 되었다. 그녀는 매일 그 방에서 잠시 아기 옷이나 작고 앙증맞은 양말, 모자 따위를 어루만지곤 했다. 그럴 때 뤼트의 몸짓에는 말로 형용할 수 없는 기대의 후광이 비쳤다. 부부는 태어날 아이가 아들이고 이름은 모리스로 정해두었다는 얘기를 아무에게도 하지 않았다. 아들이 아직 태어나지 않았는데도 에드바르트는 바깥세상에 대항하는 이 한패, 가족이라는 이 단위에 소속감을 느꼈다. 뤼트뿐만이 아니라 집 전체가 임신을 한 것 같았다. 그 기운이 동네 공원과 그 너머까지 퍼지는 것 같았다.

중요한 원칙을 따지던 부부의 토론은 이제 그들의 아이가 자라서 어떤 사람이 될까, 아이가 엄마 아빠의 어떤 점은 닮고 어떤 점은 닮지 않았으면 좋겠다, 등의 달콤한 잡담으로 변했다. 삶은 오직 그들만을 위해 존재하는 듯한 누에고치로 응축되었다. 오전에는 뤼트만 그곳에 남았다. 그는 연구소에 출근을 해야 했고 매일 마르욜레인 판 위넌과 얼굴을 마주쳤다. 마르욜레인은 티 내지 않는 비밀 애인 역할을 아주 잘하고 있었지만 에드바르트는 매일 자기가 떠나온 안온한 소우주에서 갑자기 몇 광년쯤 멀어진 기분을 피할 수 없었다. 그는 자신을 꽁꽁 닫은 채 이제 돌이킬 수 없게 되었다는 생각을 몰아내려 애썼다.

마르욜레인은 스물여덟 살이었다. 뤼트도 에드바르트를 처음 만났을 때 스물여덟 살이었다. 마르욜레인은 카날아일란트에 방 두 칸짜리 집을 빌려 살고 있었다. 그 동네는 근사했다. 에드바르트는 아내가 임신을 해서 후각이 예민하니 향초들을 좀 치워달라고 부탁했다.

"내가 당신을 위해 준비한 건데?"

"난 당신 윗사람이야."

"그럼 이리 오세요, 보스."

그녀는 몸집이 작고 날씬하고 대단히 유연했다. 마른 여자들이 더 밝힌다. 그녀는 상체는 움직이지 않고 골반만 기막히게 흔들어 요분질을 했다. 로마의 티베리우스 황제가 "질 근육 예술가"라고 불렀다는 여자들이 아마 이렇지 않았을까. 마르욜레인은 그의 물건에 걸터앉은 자세로 거의 움직이지 않고도 탄탄

한 질 근육 조임으로 그를 확실하게 절정으로 이끌었다. 그녀는 섹스에 아주 열심이었다. 그녀는 탄트라* 수업을 들었고 자기가 배운 기술을 슬며시 미소 지으면서 그에게 실험해보곤 했다. 그는 마르욜레인이 자기에게 무엇을 원하는지 잘 알지 못했다. "남자 친구는 이런 거 어떻게 생각해?" 한번은 그렇게 물어봤다. 마르욜레인은 손가락을 들어 그의 입을 막았다. "쉿, 지금 하는 말은 다 그대로 당신한테 돌아가."

그녀의 성기는 음모가 한 올도 없었고 균형이 잘 잡혀 있었다. 마르욜레인은 내숭이 없었다. 그녀가 무릎을 꿇고 짐승처럼 엎드린 채 자기 얼굴에 떨어진 머리카락을 뒤로 넘길 때, 에드바르트는 이 상황이 뭘까 깨닫기까지 시간이 필요했다. '이 여자…… 카메라에 찍히는 것처럼 행동하고 있어.' 마르욜레인은 쓸데없이 포르노 배우의 재능을 타고난 여자였다.

"마실 것 좀 있어?" 에드바르트가 물었다. 마르욜레인은 그리스에서 직접 샀다는 메탁사Metaxa** 한 병을 가지고 왔다. 두 사람은 매트리스에 거의 눕다시피 한 자세로 술을 마셨다. 그는 한 손으로 잔을 든 채 다른 손으로 그녀의 다리 사이, 축축

---

* 힌두교·불교·자이나교 등에서 행해지는 밀교 수행법. 명상할 때 쓰는 기하학적 도형 얀트라, 밀교의 그림 만다라, 주문의 효과를 강조하며, 성교 행위와 비슷한 좌도(左道) 수행법도 있다.
** 그리스산 브랜디.

하고 열려 있는 그곳을 만지작거렸다. "난 이미 모든 것을 알고 있었어. 네 몸의 촉감, 맛, 냄새. 다 알고 있었어."

"그럼 되게 시시했겠다."

"아니, 그 반대야."

"내 생각 하면 막 서고 그래?"

"수백 번도 더 그랬지."

그녀는 브라반트 주 출신, 베헐 사람이었다. 아버지는 그녀가 일곱 살 때 돌아가셨다. 그러고서 한 달 만에 집에 새로운 남자가 들어왔다. "우리 엄마는 남자 없이 못 사는 사람이거든. 엄마는 지금도 그래."

마르욜레인이 열두 살 때 그 남자가 성추행을 했다. 그녀는 그 일을 아무에게도 말하지 않았지만 열다섯 살이 되자마자 집을 나왔다. 그녀의 표현을 빌리자면 "힘든 시간"을 겪었다. 하지만 그렇게 부침이 많은 와중에도 대학 공부를 마치고 레이우아르던 과학실험기술학교에 들어갔다. 부모 집에서 가급적 먼 곳을 찾다 보니 그 학교에 지원하게 된 것이었다.

"당신이 몇 년생이지?" 마르욜레인이 물었다.

"58년생."

"우리 엄마도 58년생인데." 그녀는 조금도 놀라는 기색 없이 대꾸했다. "몇 월에 태어났어?"

"5월."

"재미있네, 당신이 우리 엄마보다 나이가 더 많아……. 그럼 아마 황소자리겠다."

여름 끝자락, 오후의 강렬한 햇볕이 내리쬐고 있었다. 무정한 시간. 모로코 청년들이 거리에서 스쿠터 경주를 하고 있었다. 마르욜레인은 다정한 손길로 에드바르트의 눈썹에서 삐져나온 긴 터럭 몇 가닥을 정리해주었다.

그는 액자들 속에서 마르욜레인과 체격이 좋은 어떤 청년의 사진을 여러 장 보았다. 그는 어떤 사진에서는 잠수복을 입고 있었고, 또 다른 사진에서는 네덜란드 해병대 제복 차림으로 출국장을 배경으로 마르욜레인과 포옹을 하고 있었다. "그 사람은 아프가니스탄에 주둔 중이야. 거의 매일 화상 통화를 해." 그녀가 말했다.

"돌아오면 베테랑이 되겠네. 30대면 벌써……."

"그 사람, 서른둘이야."

그의 이름은 미헐이었다. 마르욜레인이 무너질 뻔했던 시기에 돌봐준 남자라고 했다. "그이가 없었으면 난 지금 여기 있지도 못해. 그 사람 덕에 이만큼이라도 사는 거야."

화장실 벽에는 포스터가 한 장 붙어 있었다. "아무것도 변하지 않으면 나비들은 사라질 것이다If nothing ever changed, there'd be no butterflies." 마르욜레인이 그의 발을 마사지해주었을 때 그는 울었다. 지금까지 그의 천대받은 발을 그런 식으로 어루만

져준 사람은 아무도 없었다.

"자기는 발에 경락(經絡)이 되게 많이 모여 있네." 그녀는 그렇게 말하고 나서 이렇게 덧붙였다. "내 해석을 원한다면, 음, 당신은 당신이 생각하는 것보다 감수성이 예민한 사람이야."

에드바르트는 집으로 돌아왔다. 그는 자신이 나비 꿈을 꾼 장자인지, 장자 꿈을 꾼 나비인지 알 수 없었다. 그러나 그 밤에 얼굴에 위장 크림을 바른 남자가 자동 소총을 들고 그의 집에 쳐들어와서는 부부 침대와 그 옆에 놓인 아기 침대에 총을 쏘고 빌헬미나 공원으로 달아났다.

그는 그 꿈을 뤼트의 임신 기간에 처음으로 꾼다. 아내와 아이가 그의 곁을 영원히 떠나는 꿈을. 그는 두 사람을 다시는 보지 못하리라. 그가 위트레흐트에 계속 살든, 암스테르담으로 떠나든, 혹은──또 다른 버전의 꿈에서처럼──어릴 적 고향 마을로 돌아가든, 그건 전혀 상관없다. 그는 모든 것에서 단절된다. 그가 오른쪽으로 가든, 왼쪽으로 가든, 발길 닿는 대로 정처 없이 떠돌든 그를 막을 것은 없다. 단지 돌아갈 길이 막혔을 뿐이다. 여기, 이 새하얀 세상 어딘가에, 그는 굳어 있고 얼어 있다. 그녀를 만나기 전까지 잘 영위해왔던 삶으로 돌아가려 애쓰지만 아, 이제 그러기엔 진짜 너무 늙어버렸다. 그는 혼자 남을 것이다. 이따금, 미리부터 실망하고 염증을 느끼면서도 남녀 만남 사이트 따위를 통해 누군가를 만날 것이다. 이따금, 지난 추억에 눈물을 터뜨릴 것이다. 그는 자기 인생을 끝없이 펼쳐진 사막으로 만들었다. 한때는 그의 것이었던 오만 가지 감정 중에서 이제 남은 거라고는 불안과 혼란뿐이다. 이 자는 슬하에 자녀를 두지 않았다고 기록하라. 평생 무엇 하나 이루지 못한 자라고 기록하라…….*

그 꿈에는 놀랄 만큼 구체적인 요소들이 포함되어 있었다. 아무것도 없는 그의 세계에는 들어설 자리가 없을 것 같은 요소들이. 어쨌든 뤼트와 함께 쓰는 침대에서 잠을 깰 때마다 그가 느끼는 감정은 안도감이었다. 그 감정이 너무 압도적이어서 인생을 얼른 바로잡아보겠다는 단호한 결심이 들 정도였다. 그는 고독이 진저리 나서 부른 배를 하고 잠든 아내의 몸에 찰싹 달라붙었다. 그는 이 관계를 망쳐버렸지만 아직 만회가 가능했다. 그렇게까지 늦지는 않았다. 아내는 알 필요가 없는 일이다. 자신을 나락으로 떨어뜨린 모든 것을 확실히 끊고 이 뒤죽박죽을 야무지게 매듭짓는다면 세월이 결국 다 잊게 해주리라.

---

* 구약 성경의 「예레미야」 22장 30절. "나 야훼가 말한다. 이 사람은 후사가 없으리라고 기록하라. 한평생 좋은 일을 보지 못할 사람, 다윗의 왕위에 올라 영화를 누리며 유대 나라를 다스릴 후손이 그에게서 끊기리라." (공동 번역 성서)

꿈속의 일은 절대로 현실이 되지 않을 것이다. 마치 아주 어렸을 때 읽었던 책처럼, 분위기는 떠올릴 수 있어도 줄거리는 생각나지 않게 되리라.

1월 초의 아침, 뤼트가 침착한 목소리로 그를 깨웠다. "진통이 시작된 것 같아." 아침 여섯 시 반에 그들은 집을 나섰다. 에드바르트는 아기 옷, 기저귀, 뤼트의 잠옷 따위가 든 출산 가방을 들었다. 도로에는 차가 별로 없었다. 그는 아내의 허벅지에 손을 올렸다. 구름 한 점 없는 것이 맑고 추운 하루가 될 것 같았다. 갓길에 돋은 풀에 서리가 내려앉아 반짝거렸다. "그냥 배가 아픈 것 같기도 했는데 통증이 오는 간격을 확인해보니까 아주 규칙적이더라고……."

병원에 도착해보니 두 칸뿐인 분만실이 다 차 있었다. 의료진은 뤼트의 배에 차가운 젤을 바르고 태아의 심장 박동을 모니터링하기 시작했다. 산파가 위급 상황에서는 언제라도 제왕

절개로 넘어갈 수 있다고 주지시키고 한 번 더 설명을 했다. 뤼트의 얼굴이 진통을 못 이겨 일그러졌다. "몸에서 힘을 빼보세요." 산파가 말했다.

에드바르트는 뤼트가 산전 진단을 받을 때 몇 번 함께 와봤고 산모를 진정시키고 산모와 함께 호흡하는 법도 배웠다. 그러나 결정적인 순간에 남편은 방해가 되지 않는 게 최선이라는 것을 잘 알고 있었다.

"당신, 옆에 있는 거지?" 뤼트가 물었다.

에드바르트는 땀으로 흥건한 그녀의 이마를 쓸어주었다. "나 여기 있어. 걱정하지 마."

삼십 분 후, 뤼트는 분만실 침대에 다리를 벌리고 누워서 울부짖고 있었다. 고통은 그녀를 짐승의 상태로 돌아가게 했다. 그는 막연한 불편함을 느끼면서 뤼트가 어릴 적 들었다던 돼지들의 울음소리를 생각했다.

"거기, 당신, 손, 치워!" 진통이 물러났다가 다시 몰아치기 전, 그 잠깐 사이에 그녀가 신음했다.

에드바르트는 허리의 잘록한 부분에 닿아 있던 손을 퍼뜩 치웠다.

"아주 잘하고 있어요, 산모님. 순산하실 거예요." 산파가 말했다.

산파는 이따금 분만실 밖으로 나갔다. 한 번 나가면 족히 삼십 분이었다. 에드바르트는 침대에서 조금 물러나 있으면서 아내에게서 눈을 떼지 않았다. 그 시련은 홀로 견뎌야 하는 성질의 것이었다. 고통 그 자체는 감추어져 있고 그는 고통의 외적인 표시들——비명, 고통의 기복을 드러내는 선율——밖에 보지 못했다.

뤼트가 언젠가 그런 말을 했다. 감정 이입은 타인의 고통을 이해하는 열쇠라고. 그는 불안에 사로잡혀 자신의 내면으로 내려갔다. 그의 아내가 여기 있다. 아내가 고통을 당하고 있다. 그는 애 낳는 고통이 마취 없이 절단 수술을 받는 고통과 맞먹는다는 말을 들은 적이 있다. 지금껏 들어본 적 없는 아내의 목소리에 그는 몸이 떨렸다.

뤼트가 그의 몸이 닿는 것을 참을 수 있다면 그는 기꺼이 안아주고 위로해줬을 것이다. 그러나 그는 아내의 고통 속에 들어갈 수 없었다. 아내가 저기 있는데 그는 여기에, 아무 도움도 못 된 채 손을 놓고 있었다. 그는 선을 넘어갈 수 없었다. 뤼트의 세계에서는 거의 모두가 그렇게 할 수 있었다. 뤼트와 그녀의 친구들은 여성 인권, 정치범 수감, 동물 실험과 도살, 티베트 등 세부 항목으로 나누어지긴 했지만 원칙적으로 모두 세상의 고통과 연결된 사람들이었다. 그들은 이 모든 존재들의 수난에 직접적으로 타격을 입고 동요했다. 그들의 신경계는 타인들의 신경계에 접속해 있었다. 타인의 고통은 그들 자신의 삶이 의미를 지니기 위한 필요 조건이었다.

아까와 다른 산파가 분만실로 들어왔다. 몇 가지 처치가 남아 있었다. 한 치 앞을 알 수 없는 초조함이 더해갔다.

"무통 주사! 무통 주사 좀 놔줘요!" 뤼트가 말했다.

산파는 그녀를 진정시켰다. "이제 얼마 안 남았어요. 거의 다 열렸어요."

"당장 놔줘요!"

"이제 바로 밀어내야 해요. 자, 조금만 참아요."

날카로운 비명이 소리도 안 나오는 신음으로 바뀌었다. 목숨을 내놓은 싸움. 아즈텍족은 여자가 애를 낳다가 죽으면 전사자와 똑같이 예우하여 장례를 치러주었다고 한다.

"여보," 에드바르트가 말을 건넸다. "금방 끝난대. 조금만 더 힘을 내."

"씹할, 씹할, 씹할!"

그가 침대 발치로 바짝 다가가자 뤼트는 그를 때리려고 했다. 그녀는 남편이 자기 다리 사이에서 일어나는 일을 보지 않기를 바랐다. 뤼트의 가랑이를 들여다보던 산파가 고개를 들고 끄덕거렸다.

"자, 이제 갑니다…… 힘주세요! 힘!" 산파가 외쳤다.

산파가 아이를 받는 모습은 축축하고 미끄러운 비누를 잡으려고 할 때와 비슷했다. 그녀는 핏덩이를 받자마자 뤼트의 배

위에 올려놓았다. "오, 내 새끼," 뤼트는 웃으면서 눈물을 흘렸다. "드디어 만났구나!"

에드바르트는 뤼트의 뜨거운 이마에 입을 맞추고 피와 점액을 뒤집어쓴 새파란 아기를 들여다보았다. 쇠 냄새 같은 것이 확 풍겼다. 아, 이거였구나, 이게 승리였어! 그는 입이 귀에 걸리도록 미소를 지었다. 그는 산파가 건네준 가위로 탯줄을 잘랐다. 뻣뻣한 고무를 자르는 것 같은 느낌이 났다.

의료진은 모리스를 간단하게 씻기고 몸무게를 쟀다. 몇 시간 후, 부부는 신생아를 아기 바구니에 담아 집으로 데려갔다. 그들은 불안하면서도 무서울 게 없었다. 차를 훔쳐 함께 달아나는 10대 커플처럼.

갓난아기와 처음으로 함께 지낸 나날들. 금사(金絲) 세공처럼 여리고 섬세한 행복. 기억은 보존되지 않는다. 가슴 벅찬 기쁨이 빠르게 연거푸 몰아치는 파도처럼 찾아오기 때문이다. 사진 속의 에드바르트는 소파에 드러누워 눈을 감고 입을 약간 벌리고 있다. 한 팔로는 자기 머리를 받치고 다른 팔로는 잠든 아기를 품에 안고 있다. 그는 이 아기 사진 시리즈 중에서 한 장을 골라 아들의 탄생을 알리는 카드를 만들었다. 그 사진에는 아기 얼굴만 보인다. 머리통은 금빛 솜털로 덮여 있고 배냇짓을 하는 얼굴은 미소를 짓는 것 같다.

따사로운 행복의 기운이 집 안 어디서나 손에 잡힐 듯 느껴졌다. 에드바르트는 정말로 잡으려고 하면 잡을 수 있을 것 같았다. 그는 달리 아무것도 바라지 않았다. 집 밖의 삶에 대해서는 거의 아무 생각도 없었다. 그는 마르욜레인을 생각하고 싶지 않았다. 그 생각을 하면 마음이 불편하니까. 이제 차원이 다른 문제였다. 여차하면 전부 다 잃어버릴 수도 있었다.

연구소 주차장에서 잠시 얘기가 오갔다. 마르욜레인은 그에게 좀 변한 것 같다고 말했다. 그러고 나서 자기는 이해한다고, 그가 지금 겪는 일은 절대로 가볍지 않다고 덧붙였다. 그녀의 입에서 하얀 김이 살짝 새어나왔다. 그녀는 자기 차에서 손을 흔들어 인사를 했고 그는 고마운 마음을 담아 미소를 지었다. 일탈이 이렇게 끝났구나, 라는 생각이 들었다. 그가 예상했던 것보다 훨씬 쉬운 결말이었다.

출산을 하고 몇 달인가 지났을 때 뤼트가 처음으로 "까탈스러운 아기"라는 표현을 썼다. 하지만 그때 그 표현은 부정의 형태로 쓰였다. 정확히, 뤼트는 이렇게 말했다. "모리스는 까탈스러운 아기가 아니야. 그저 땅에 상륙하는 걸 힘들어할 뿐이지." 에드바르트는 그 말을 듣고 아들을 우주여행자 이미지로 떠올리면서 흡족해했다. 궤도에서 벗어난 우주여행자가 엉뚱한 은하에 떨어졌을까? 그렇다면 모리스가 본래 있어야 할 곳은 어디일까?

모리스를 재우는 일은 오랜 시간 끈기 있는 검증을 거친 치밀한 방법으로만 가능한 성싶었다. 그러나 부모가 드디어 그 방법을 숙지하면 늘 원점으로 돌아가야 할 시점이 왔다.

생후 2주째부터 아기는 아파서 그러는지 우주여행자 생활을 청산하느라 그러는지 심하게 울고 보챘다. 그들의 잠은 날카로운 아기 울음소리에 하룻밤에도 몇 번씩 찢어졌다. 뤼트는 부부 침대 옆에 아기 침대를 붙여놓고 아기 배에 한 손을 올려놓은 채 잤다. 엄마 손이 제 몸에서 떨어지면 아기는 귀신같이 알아차리고 당장 울음을 터뜨렸다. 그들 부부는 밤새 아기를 안고 어르며 몽유병자처럼 집 안을 왔다 갔다 했다. 처음 몇 주의 평화로운 행복은 짜증과 절망으로 변했다. 아기가 먹은 것을 자주 토해서 잔탁Zantac을 먹였다. 에드바르트는 너무 피곤해서 그 약의 제조사에 대해서 한마디 할 기운도 없었다. 잔탁은 글락소스미스클라인 사에서 나오는 약이다.

소음은 그렇게 에드바르트의 삶에 난입했다. 고음 제거 장치를 거부하는 오토바이운전자협회의 거리 시위도 모자라, 화물운송업자 파업연대의 경적 시위가 가세한 것처럼. 여기에 유대인 과부들 백여 명이 곡소리를 내며 무질서하게 합류한 것처럼.* 그는 피할 도리가 없었다. 무시무시한 소음은 무방비 상태의 귓구멍으로 파고들어 그의 몸 안으로 스며들었다. 세상 살다 보면 스치게 마련인 소음에도 그는 미칠 듯이 화가 났다.

---

* 유대인에게는 시체를 매장하러 나가기 전까지 가족들이 소리 높여 곡을 하는 풍습(크리아)이 있다.

지붕 홈통에 까치가 날아와 앉는 소리, 공원에서 들려오는 고함 소리, 어떤 소리든 고생고생해서 겨우 재운 그의 아들을 깨울 수 있었다. 정원에서 고양이들이 야옹야옹 우는 소리, 하늘 높이 지나가는 비행기 소리가 좀 길게 이어진다 싶으면 모리스의 울음소리가 들린다. 그러면 에드바르트는 심장이 덜컥 내려앉고 목덜미의 털이 곤두선다. '깼구나…… 제기랄, 애가 또 깼어……'

그는 연구소에서 컴퓨터 모니터를 들여다보다가도 아들이 우는 소리가 들린 것 같아 소스라치곤 했다. 뻑뻑한 경첩이 삐걱대는 소리가 왜 아기 울음소리로 들렸을까.

"애가 울 때는 이유가 있는 거야. 당신 힘들게 하려고 우는 게 아니라고. 당신은 아기가 뭔가 불편해서 운다는 사실을 잊고 있는 것 같아." 뤼트가 말했다.

어린 아기가 몸속 깊은 데서부터 토해내는 고통은 뇌까지 장악했지만 원인이 무엇인지는 아직 알 수 없었다. 잔탁이나 모티리움Motilium을 먹여도 효과는 없어 보였다. 뤼트는 아기를 의사에게도 보이고 한의사나 다른 치료사에게도 보였다. 어떤 접골사는 숙련된 손으로 아기의 뼈와 근육을 마사지했다. 아기 침대에는 늘 헤어드라이어가 걸려 있었다. 헤어드라이어 소리를 들으면 아기가 울음을 잘 그치는 것 같았기 때문이다.

생후 6개월이 다가올 무렵, 에드바르트와 뤼트는 이제 가장

힘든 시기는 지나간 것 같다고 말하면서 서로에게 용기를 주었다. 지독하게 까다롭고 고집 센 아기들도 6개월이 지나면 많이 순해진다. 어쨌든 6개월은 그들의 인내심을 훨씬 뛰어넘는 기간이었다. 과연 8월까지 버틸 수나 있을까 싶었다. 나팔 소리에 예리코 성벽이 무너져 내리고 가루가 되었듯이*, 그 전에 그들이 먼저 아기 울음소리에 무너질 것 같았다.

뤼트는 에드바르트보다 참을성이 많았다. 그녀는 아기를 억지로 조용히 시키고 싶은 충동에 시달리지 않았다. 그래서 에드바르트가 아기가 울음을 그치지 않는다고 화를 내면 오히려 놀라곤 했다. 그럴 때면 뤼트는 아기를 에드바르트에게서 받아서 자기가 안았다. 그가 아기를 안고 달래는 방식은 '자연스럽지 않다고' 했다. "그렇게 해서는 아기가 울음을 그치지 않아."

그의 아들, 오르간 파이프 같은 녀석.

가끔 아기가 아빠를 알아보는 것 같으면 에드바르트는 감격했다. 아기는 발그레한 고사리 손으로 허공을 움켜쥐었다. 에드바르트는 아들의 얼굴과 가느다란 금발을 한없이 다정하게 쓰다듬었다. 숫구멍에서 맥이 팔딱팔딱 뛰는 것이 보였다.

---

* 구약 성경의 「여호수아」 6장의 내용. 여호수아가 이끄는 유대 민족이 나팔 소리와 큰 고함 소리만으로 예리코의 성벽을 무너뜨려 정복하였다고 한다.

길고 무더운 날들이 그해에는 일찌감치 들이닥쳤다. 주방에 생긴 초파리가 고양이 화장실과 도마 주위를 날아다녔다. 그는 행주를 반으로 접어 초파리를 잡곤 했다. 이제 다 잡았다 생각할 때마다 새로운 놈이 눈에 띄었다. 초파리들은 휙 날아가는 행주에 찌부러졌지만 금방 죽지는 않았다. 그는 초파리들이 햇볕이 내리쬐는 바닥에서 서서히 죽어가는 모습을 보았다. 죽어가는 초파리들이 타일 바닥에 축축한 흔적을 남겼다. 초파리들의 고통의 문자를.

1780년에 제러미 벤담*은 이렇게 썼다.

나는 여러 곳에서 아직은 과거의 일이 아니라고 탄식하며

이야기한 바 있다. 인류의 상당수가 노예라는 명칭으로 분류되어 이를테면 지금 영국에서 동물이라는 열등한 종이 받는 것과 정확히 똑같은 대우를 법에 의거해 받았던 시절이 있다. 아마도 동물들도 그들의 권리를 획득하는 날이 올 것이다. 그 권리가 박탈된다면 그 이유는 오직 인간의 폭정 때문일 것이다. 이미 프랑스 사람들은 피부색이 검다고 해서 그들을 함부로 대할 수 없음을 깨달았다. 마찬가지로 다리의 수, 표피의 털, 또는 천골 말단의 생김새가 다르다고 해서 감각을 지닌 존재를 함부로 대할 수 없음을 인정하게 될 날이 언젠가는 올 것이다. 〔감각이 아니면〕 달리 무엇이 이 넘을 수 없는 선을 정해줄까? 추론 능력? 아니면, 담론을 구사하는 능력? 그렇지만 다른 비교는 차치하고서라도, 다 자란 말이나 개는 태어난 지 하루, 한 주, 심지어 한 달이나 된 아기보다도 이성적이다. 하지만 그렇지 않다고 가정하더라도 어떤 결과가 나오겠는가? 문제는 '추론 능력이 있는가?'나 '말을 할 수 있는가?'가 아니라 '고통을 느낄 수 있는가?'이다.

이 글이 화장실의 작은 게시판에 압핀으로 꽂혀 있었다. 이

---

* 영국의 철학자·법학자(1748~1832). 인생의 목적은 최대 다수의 최대 행복의 실현에 있다고 하는 공리주의를 주장하였다. 인용문은 그의 저서 『도덕 및 입법의 원리 서설』의 내용이다.

것은 무기였다. 그는 아주 오래전에 실수로 뤼트에게 연구소의 동물 실험에 대해서 얘기한 적이 있다. 바이러스의 감염이 어떻게 진행되는지 추적하려면 족제비 실험이 필요했다. 이 실험은 고도의 정밀 작업이었다. 매우 사소한 변형으로 치명적인 독감 바이러스가 그렇게까지 위험하지는 않은 변종이 되기도 하고, 반대로 무해한 바이러스가 갑자기 무서운 살상력을 띠기도 한다.

그는 이따금 뤼트의 눈에서 우리에 갇힌 동물들을 보았다. 그는 또한 권태가 그 동물들이 맨 처음 만나는 고통의 한 형태라는 것도 알고 있었다. 연구소 우리에 갇힌 동물들은 제 몸을 돌보지 않고 충동적으로 행동했다. 자극 없는 환경 속에서의 삶을 엔도르핀으로 조금이나마 달래야 했다. 에드바르트는 그 동물들을 자주 관찰할수록, 그들에게 쏟는 시간이 늘어날수록, 그들의 고통을 부정하기가 힘들었다. 요즘 계속 밤잠을 설쳐서 그런가, 라는 생각이 들었다. 아들이 하도 울어대서 마음이 약해졌나 보다. 뤼트와 영국 공리주의자의 생각은 기생충처럼 에드바르트의 방어벽을 뒤흔들고 잠식했다. 심지어 몇몇 방송 프로그램을 시청하면서 예전에는 몰랐던 느낌을 받기도 했다. 한번은 옛 연인들의 재회를 다룬 방송을 보다가 눈물을 참느라 아주 애를 먹었다.

그는 옛날에 동물은 고통을 모른다고 배웠다. 이 오래된 데

카르트*적 교의를 다시 돌아보게 된 것은 비교적 최근의 일이다. 이 부정(否定)이 지금은 한결 더 정교해졌다. 동물도 당연히 아픔을 느끼지만 고통을 안다고 볼 수는 없다나. 고통을 아는 것은 인간의 고유한 속성이기 때문이다. 고통을 아는 것은 의식이 있는 존재라는 조건에서만 가능하다. 더 정확히 말하자면 이렇다. 실제 아픔이 확장되는 것은 이미 겪어본 아픔을 기억하고 앞으로 겪게 될 아픔을 예상할 수 있기 때문이다. 이것이 인간이 고통스러워하는 원인 중 하나다. 동물에게는 그러한 의식이 없다. 그래서 동물의 아픔은 감각이 사라지면 즉시 사라진다. 그의 아들은 아직 의식이 있는 존재라고 하기 뭐하다. 그래서 그는 아들이 심하게 울어도 고통스러워한다기보다는 그냥 아파하는 거라고 생각했다.

그러한 기계론적 접근은 심란한 질문들이나 '종간 감정 이입' 개념을 들먹이지 않는 한 그럭저럭 잘 먹혔다. 그는 최근까지도 '종간 감정 이입'이라는 개념은 얄팍한 감상주의의 발로로 치부했지만 말이다. 같은 인간들끼리도 남의 고통을 제 고통처럼 생각하기가 어려운데 하물며 다른 종의 아픔을 어찌 이

---

* 프랑스의 수학자·철학자(1596~1650). 근대 철학의 아버지라 불리며, 해석 기하학의 창시자이다. 그는 기계론적 세계관에 입각해 동물은 영혼이 없으며, 생각하고 느끼는 과정은 영혼에 속해 있으므로 동물은 고통을 느낄 수 없는 기계 같은 존재라고 주장했다.

해하겠어. 에드바르트의 생각은 그랬다.

피하 주사를 맞아본 적이 있는 족제비들은 흰 장갑 낀 손만 봐도 무서워 벌벌 떨었다. 숨결에서부터 공포의 냄새가 났다. 에드바르트는 우리 앞에 의자를 가져다 놓고 앉아서 족제비의 심정이 되어보려고 노력했다. 그는 이 반응을 기억과 결부된 것으로 보아야 한다고 생각했다. 그는 반사 행동이라고 생각했다. 반사 행동은 뇌가 아니라 척수의 통각 수용 뉴런의 활성화로 촉발되기는 하지만 어쨌든 부정적인 경험의 결과다. 초보적인 형태의 '신체 기억'을 논할 수 있다면 자연히 초보적인 형태의 고통에 대해서도 말할 수 있지 않을까? 실험용 포유류들이나 인간이나 생리학적 구조는 사실상 크게 다르지 않다. 동물 실험을 하는 이유 자체가 그 동물들과 인간에게 유의미한 유사성이 있기 때문이니까. 동물들도 인간처럼 쾌감과 고통에 따라 움직인다. 복잡성은 당연히 떨어지지만 바탕은 다르지 않다.

그가 생각하기에 벤담의 사상은 새로운 범주 체계, 고통의 분류학으로 귀결되어야 했다. 고통을 분류하려면 린네* 같은 인물이 등장해야 할 것이다. 아직까지는 고통을 객관적으로 측

---

* 스웨덴의 박물학자·식물학자(1707~1778). 저서 『자연의 분류』에서 생물의 학명을 속명과 종명으로 나타내는 이명법(二名法)을 창안하여 현대 생물 분류학의 기초를 확립했다.

정할 도구가 없다. 인간의 경우, 고통의 단계를 1부터 10까지 나눈 척도를 환자가 직접 가리키는 방법으로 그가 느끼는 고통의 강도를 표시하게 하기도 한다. 그렇지만 지금으로서는 체온계처럼 신체 기관이나 조직에 직접 갖다 대고 고통을 읽어낼 도구가 없다. 에드바르트는 그러한 분류학이 가능하려면 고통의 측정이 필수 불가결하다고 보았다. 통증을 일으키는 자극(손톱 뽑기, 눈알 뽑기)은 객관적일 수도 있겠으나 이 자극에 대한 경험은 주관적이므로 아무 소용이 없다. 그런데 말, 개, 그의 아들 모리스처럼 말하지 못하는 존재들을 대상으로 어떻게 고통의 매개 변수들을 측정한단 말인가?

그의 몽상 속에서 고통과 싸우는 자들은 1980년대 말에 에이즈와 싸웠던 자들처럼 광신적인 열의에 빠져 있었다. 야근이 일상이 된 연구소들, 차갑게 빛나는 실험 도구들. 포유류의 통각 수용기 사슬은 정밀 도구를 사용해야만 연구할 수 있다. 신경 말단, 신경 섬유, 신경절의 네트워크를 밝혀야 한다. 비밀이 이 사슬 속 어딘가에 숨어 있으므로. 고문은 갈수록 첨예해졌다. 초정밀 표시계가 알려주는 결과는 소수점 이하 몇십 자리까지 나왔다. 동물은 어느 정도나 고통을 느낄까? 그들은 그 고통을 기억할까? 아직 닥치지 않은 새로운 고통을 두려워할까? 동물은 '고통을 아는가?'

온 세상이 고통 공장에서 새로운 분류학이 나오기를 애타게 기다린다. 다른 종의 고통도 인간의 고통과 동일한 차원으로 볼 수 있다면, 나아가 동물도 인간과 똑같은 강도로 고통을 느낀다면 그로 인한 결과는 어마어마할 것이다. 인간을 고통의 제국 한가운데 놓는 인간 중심적인 접근은 힘을 잃을 것이요, 동물 실험과 기업식 사육 및 도축은 인류의 가장 더러운 오점으로 남게 되리라. 동물이 '고통을 인정받을 권리'를 얻게 될 때 '메아 쿨파Mea culpa(내 탓이오.)', 변명, 추모의 공간, 통한의 기념비는 끝도 한도 없으리라.

연구소에서 일어나는 모든 소리는 특별히 그러한 목적으로 개설된 라디오 방송에서 흘러나오는 것 같았다. 척추동물의 아픔, 무척추동물의 아픔. 어떤 동물은 몸을 뒤틀며 경련을 일으켜도 아무 소리가 안 난다. 라디오에서 아무 소리도 안 나는 것이다. 하지만 어떤 동물은 으르렁으르렁, 끼익끼익, 쉭쉭, 꿀꿀, 크르르크르르, 끙끙, 소리를 낸다. 그 소리들은 고통이 실제로 존재한다는 표시다. 해석하기는 어렵지만 어쨌든 대개 믿을 만한 표시다. '고통의 소리' 방송은 일주일 내내, 24시간 내내, 결방도 없이 계속된다. 우리는 어둠 속에서 그들의 울부짖음을 듣는다.

『바가바드기타』*는 인간을 아홉 개의 구멍이 난 상처라고 말한다. 고통에 대한 위대한 탐구는 우주 전체를 크게 벌어진 상처로 정의한다. 구멍은 너무 많아 셀 수도 없다.

에드바르트는 눈을 비볐다. 몹시 피곤했다.

★ 고대 인도의 힌두교 경전의 하나. 우주의 원리에 대한 해설, 헌신과 행동에 대한 철학적 생각이 들어 있다.

5월 말에 에드바르트는 4시간 연속 라디오 생방송 프로그램에 출연한다. H5N1 조류 독감 확산에 대비하는 모의 훈련 방송이다. 전염병 대처에 필요한 조치를 취할 긴급 팀이 구성되었다. 야프 헤르손이 팀장을 맡았고 경찰서장 한 명, 내무부 고위직 공무원 한 명, 바세나르에서 온 퇴역 장군 한 명이 구성원으로 들어왔다. 에드바르트는 인수공통전염병 및 환경 미생물학 연구소 소장 및 WHO 자문 위원 자격으로 초빙되었다. 그는 이미 아시아와 남부 유럽에서 수백 명의 사망자를 조사한 이력이 있다. 이 지역에서 감염 사례는 급속도로 증가하는 추세다.

이 마라톤 방송이 진행되는 동안 현장에 체류 중이라는 통

신원들의 보고가 끊이지 않는다. 토론 진행자는 도입부에서 이렇게 운을 뗀다. "수백만 인구가 이 침공에 쓰러질지 모른다는 우려가 있습니다. 그렇지만 소설 「우주 전쟁The War of the Worlds」*과는 달리, 박테리아가 인류를 구할 수는 없을 겁니다. 오히려 바이러스가 인류의 위협이 될 것입니다."

그 순간에도 방콕에서 암스테르담의 스히폴 공항으로 운항하는 비행기 한 대가 터키 상공을 지나가고 있다. 그 비행기의 승객들과 승무원들은 이미 모두 감염되어 있을지도 모른다. 퇴역 장군은 군대가 공항에 주둔하고 검역을 강화해야 한다고 주장한다. "비행기에 탑승한 사람은 모두 격리된 채 검사를 받아야 합니다. 불쾌하겠지만 반드시 필요한 조치니까요." 그는 바세나르 집에서 출발하여 라디오 방송 스튜디오까지 오느라 장시간 여행을 했다. 방송 작가 한 명이 그에게 백포도주를 수시로 따라준다. 장군이 걸핏하면 작가 아가씨의 주의를 끌고 손가락으로 잔을 가리키면서 입 모양으로 "얼음!" 하고 말한다. 에드바르트는 퇴역 장군의 행동거지를 관찰하는 데 정신이 팔려서 이따금 토론의 가닥을 놓칠 뻔한다. 에드바르트는 맥주를

---

* 1898년에 영국의 작가 허버트 조지 웰스(Herbert George Wells)가 발표한 공상 과학 소설. 지구가 화성인에게 거의 정복당할 위기의 순간, 화성인이 지구의 박테리아에 감염되어 죽게 되고 지구는 위기에서 벗어난다는 내용이다.

마신다. 스튜디오 안은 덥다 못해 후끈후끈하다.

헤르손은 연구소 상황을 보고한다. "우리는 바이러스 억제제를 개발하고 있습니다. 그것을 개발한 다음에 그것을 수백만 명이 쓸 수 있을 만큼 생산할 겁니다. 그렇게 되기까지는 시간이 상당히 걸릴지도 모릅니다."

한 취재 기자가 스히폴 공항에서 승객 수백 명이 강제 격리를 거부하고 있다고 중계를 한다. 과연 몇몇 무리의 승객이 공항 측과 충돌을 일으킨다.

"저 사람들의 짐은요?" 에드바르트가 묻는다. 아무도 웃지 않는다.

승객 중에 몸 상태가 좋지 않은 사람이 다수 있다. 싸움이 일어난다. 병원에서조차 사람들은 격리되기를 거부한다.

"해야만 하는 일입니다." 에드바르트가 말한다. 그는 R0(기초 감염 재생산 수)의 의미를 설명한다. R0은 표준 조건에서 한 사람이 문제의 전염병을 앓는 동안 몇 명을 감염시킬 수 있느냐는 개념으로, 바이러스의 확산성을 알려주는 지표이다. 열흘 동안 100만 명이 감염되는 시나리오도 가능하다.

"그렇다면?"

"돼지 콜레라가 발생했을 때 돼지 1,000만 마리가 살처분당했습니다. 구제역 사태가 터졌을 때에는 10만 마리 이상이 살처분당했고요. 그런데 그 두 병은 인간에게 위험을 끼치지 않았습니다. 하지만 2003년에 터진 H7N7 사태는 다릅니다. 이 사태를 수습하는 동안 살처분당한 닭이 3,500만 마리에 달합니다. 그러니까 제가 하고 싶은 말은, 필요한 조치는 확실하게, 과단성 있게 취해야 한다는 겁니다. 애를 써서 그렇게 해야만 한다고요. 생명윤리학자는 수백 명의 목숨을 구하기 위해 한 생명을 희생시켜서는 안 된다고 주장할지도 모릅니다. 하지만 우리는 결정을 내리기 위해 여기 있는 겁니다. 그렇지 않습니까?"

토론 진행자가 '3,500만'이라는 숫자를 멍하니 되풀이한다. 진심으로 경악을 금치 못한 것이다.

"그래요, 전부 가스 살처분되었습니다." 에드바르트가 말한다. "제 생각에는…… 최악의 사태를 피하고 싶다면 인기 없는 정책일지라도 과감하게 밀고 나가야 합니다."

진행자가 질문한다. "사람을 가스 살처분한다고요?"

에드바르트는 자기 앞 탁자에 놓인 마이크 양옆에 손을 올려놓는다. "그들은 치유가 불가능합니다. 감염의 온상이에요."

주위가 조용해진다.

"제가 하려던 말은……." 그는 뒤늦게 자신이 실수했음을 깨닫는다. 정신이 딴 데 팔려 있었던 탓이다. 머리로 피가 몰렸다. 이 스튜디오에서 멀지 않은 헤르손의 힐베르쉼 본가는 늘 덧문이 꽁꽁 닫혀 있었다. 헤르손은 은폐된 집에서 성장했다.

차단Sperrzeit. 상시 통금. 빛은 생명이요, 기쁨이었다. 폴란드의 평원에서 빛은 꺼져버렸다.

"불쾌할지라도 필요한 조치라는 말은 앞에서 이미 나왔습니다." 진행자는 토론 분위기를 다시 살려보려고 애쓴다.

겨드랑이와 사타구니에서 참을 수 없는 열기가 느껴진다. 진땀이 난다. 토론은 파장 나기 일보 직전의 위기에서 간신히 가닥을 이어나간다. 아직도 방송이 끝나려면 두 시간이 남았다.

"세상에, 에드. 술 취해서 방송했어? 왜 그랬어?" 그가 집에 돌아왔을 때 뤼트가 말했다.

그는 물이 높은 곳에서 낮은 곳으로 흐르듯 그녀에게 끌려
갔다. 그는 자신의 생각을 고수하는 사람은 아니어서 상황이
흘러가는 대로 따라갔다. 그녀의 탱탱한 피부가 그의 피부와
맞닿을 때의 황홀감이란! 처음 느끼는 행복이라고 해도 좋을
듯하다. 이보다 더 행복에 가까이 다가간다는 것은 불가능하
리라. 그녀를 보면 헤드라이트 불빛을 보고 길가의 키 큰 풀숲
사이로 잽싸게 몸을 숨기는 한 마리 고양이가 생각났다. 그녀
옆에 있으면 기분이 좋았다. 그는 그 이유를 알고 있었고 설명
하라면 설명할 수도 있었다. 그 매혹적인 단순함이라니. 결혼
은 그의 생의 짜임새에서 올이 나간 부분이었다. 나이는 언제
까지나 아물지 않는 상처였다. 무릎에서는 관절 삐걱거리는 소

리가 났다. 삐걱거림은 예고도 없이 그의 얼굴까지 올라왔다. 아니, 이제 두뇌마저 주저앉고 있었다. 노쇠의 상흔들. 그는 자신의 결혼을 비극적인 불균형처럼 생각했다. 균형을 맞춰보려는 시도조차 어림없을 만큼 아주 엇나가버렸다고 생각했다. 적어도 뤼트와 그의 힘만으로는 어림없을 터였다. 그래서 제삼자가 필요했다. 아이와, 이 여자가. 그들은 삼각 구도를 이루었다. 마르욜레인에게 돌아가고 나서 그는 단박에 깨달았다. 젊고 아름다운 아내와 참고 살려면 아내보다 더 젊은 애인을 둘 수밖에 없다는 것을. 접시저울은 비로소 수평을 이루었다. 그 방법은 잘 먹혔다. 현재로서는 그랬다.

그는 화들짝 몸서리를 치면서 깨어났다. 햇빛이 그들의 발을 비추고 있었다. '염병할, 이런 염병할.' 그는 황급히 옷을 걸쳤다. "티셔츠를 뒤집어 입었어." 마르욜레인이 말했다. 그녀는 다리를 쩍 벌린 민망한 자세로 침대에 누워 있었다. 자세한 묘사는 사람을 무너뜨릴 수 있으니 생략하자.

"문제가 있어." 뤼트가 저녁을 먹던 중에 입을 열었다. 그는 두려움을 견고한 외피 속에 감추었다. 아내가 뭔가를 눈치챘을 리는 없었다. 모리스가 태어난 후로 그녀는 남편의 존재감조차 느끼지 못하는 듯 보였다. 그들은 서로를 스르르 지나쳤고 결코 부딪치지 않았다. 젊은 관절처럼 유연하게.

문제란 그녀의 남동생에 대한 것이었다. 프리소가 그동안 살던 집에서 쫓겨났다고 했다.

"당신이 뭘 할 수 있다는 거야?" 에드바르트가 물었다.

"그 얘기를 하려는 거잖아. 나 말 좀 하자."

밑바닥 사연이 대개 다 그렇듯, 이야기는 복잡하게 얽히고설켜 있었다. 프리소는 아동보호법 위반으로 판사에게 불려갔다가 겨우 나왔는데 자칫하면 친권을 박탈당할 위기에 처해 있었다. 거주지에서 쫓겨났기 때문이다. 만약 그 사실이 가정법원에 알려지면 가정법원에서 프리소에게 준 마지막 기회는 영영 날아갈 거라나.

"그래서 처남은 지금 어디 있는데?" 에드바르트가 물었다.

그때 베이비폰*에서 무슨 소리가 났다. 그들은 순간 굳어졌다. 두 사람은 베이비폰을 응시했지만 더는 아무 소리도 나지 않았다.

"휜터르를 데리고 친구 집에 가 있대." 뤼트는 자기가 하는 말이 천장을 뚫고 모리스에게 들릴까 봐 걱정됐는지 목소리를 한껏 낮추었다. "그 친구가 알코올 중독자래. 그 집에 계속 있게 할 수는 없어. 조금만 버티면 다시 집을 얻을 수 있대. 하지

---

* 아기가 부모와 떨어져 있을 때 모니터링을 하는 장치.

만 9월 전에는 힘들 것 같대."

뤼트는 집 안을 눈으로 한 번 훑었다.

"여기는 안 돼…… 모리스가 있으니까. 당신도 그렇고……."

"나는 왜?"

뤼트는 현실에서 벗어난 사람처럼 희미하게 미소를 지었다. 마치 단식 투쟁을 하는 사람의 미소 같았다. "걔는 돈이 없어. 땡전 한 푼 없어. 걔를 그냥 못 본 체할 수는 없어."

"어째서? 아빠와 떨어져 사는 편이 휜터르에게는 더 나을지도 몰라."

"휜터르는 아빠에게 애착이 커. 프리소도 아들 없이는 못 살걸. 휜터르는 엄마가 없어. 그런데 아빠까지 없는 아이로 만들 수는 없잖아……. 사고만 일으키는 못난 아빠라도 아이의 안정감에는 중요한 존재야."

당장 들어갈 집을 구하는 게 쉽지 않을 텐데, 게다가 몇 개월짜리는 더 구하기 어려운데, 라고 에드바르트는 생각했다. "캠핑장은 어때?" 마침, 캠핑을 하기 좋은 계절이었다. 프리소와 휜터르는 캠핑장 생활을 아주 긴 여름휴가 비슷하게 긍정적으로 생각할지도 모른다.

뤼트는 망설였다. 그녀는 텐트 생활은 좀 그렇고 캠핑장에서 오두막을 빌릴 수 있을지도 모르겠다고 말했다.

바로 다음 날 아침, 고속 도로 인근의 한 캠핑장 사무실 아가씨는 샬레chalet*를 빌릴 수 있다면서 임대료는 1박에 72.50 유로라고 했다. 그들은 말없이 입술로만 그 금액을 되뇌었다.

"성수기 가격이에요." 아가씨가 말했다.

"아직 5월 말입니다만." 에드바르트가 대꾸했다.

아가씨는 어깨를 으쓱하고는 자기 전화기만 들여다보았다.

"저기요?"

그녀가 고개를 들었다.

"석 달 장기 임대는 어떻게 됩니까?"

"빌드스휘트 씨와 직접 얘기해보세요."

A4 용지에 인쇄된 캠핑장 시설 이용 규칙이 창문에 붙어 있었다. 대충 읽어봐도 이곳에서 생활하기란 여간 까다롭지 않겠다는 생각이 들었다. 그는 캠핑장을 가로질러 관리자를 직접 만나러 갔다. 여기저기 돔형 텐트들이 보였다. 관리자는 텐트 주위를 엉망진창으로 만들어놓은 여행객들에게 잔소리를 퍼붓고 있었다. 체코 사람들이구먼, 라고 에드바르트는 생각했다. 그들이 풀밭에 늘어놓은 배낭들 중 하나에 체코 국기가 자그

---

* 스위스의 높은 산에 있는, 통나무로 벽을 치고 돌로 지붕을 인 집. 목동들의 오두막으로 이용되었다. 여기에서는 그런 형식으로 지은 캠핑용 오두막을 말한다

마하게 붙어 있었기 때문이다. 관리자는 반바지 차림으로 권위적인 장딴지를 드러내고 있었다. 군대의 장교를 연상시키는 장딴지였다. 그는 독일어와 영어를 섞어가며 무서운 기세로 호통을 쳤다. 체코 사람들이 겁에 질린 눈으로 그를 쳐다보았다. 그들은 그들의 부모에게 주워들은 이야기로 막연히 알고 있던 어떤 체제의 공포를 이 관리자의 태도에서 연상했을지도 모른다.

몇 분 후, 관리자가 에드바르트에게 말했다. "아, 하여간 동구권 새끼들은……. 벽에다 똥칠을 해놓고도 게을러서 그냥 뭉개고 살아요. 아주 돼지 새끼들이에요."

'인간 이하Untermenschen'*, 그래, 이 사람은 진짜 그렇게 생각하는 거구나, 라고 에드바르트는 생각했다. 알 것 같았다. 그는 일종의 나치를 상대하는 중이었다. 철조망과 바리케이드 너머 캠핑장에 상주하는 나치를. 에드바르트는 자기가 찾아온 이유를 설명했다.

"실례가 되지 않는다면 어떤 사람들이 여기서 살게 되는 건지 물어봐도 될까요?"

"제 조카와 그 애 아버지, 그러니까 제 처남입니다."

"그러니까 다른 집이 생길 때까지 잠깐 살겠다고요?"

---

* 나치가 러시아와 폴란드 민족에 적용한 개념.

에드바르트는 이 사내와 이런 이야기를 나누는 것 자체가 불쾌했다. 관리자는 그에게 샬레들을 보여주었다. 사내가 다리를 살짝 벌린 채 떡 버티고 섰다. 서로 약간씩 떨어져 있는 통나무 오두막 네 채가 한눈에 들어왔다. 에드바르트는 그중 한 채에 들어가 잠깐 살펴보았다. 이층 침대들이 양쪽 벽면에 붙어 있었고 그 사이 공간은 매우 좁았다.

"여기가 72.50유로라고요?" 에드바르트가 물었다.

"숙박세는 별도입니다." 관리자가 말했다.

"그건 또 얼마인데요?"

"1인 1박에 1유로 35센트, 4인실이니까 곱하기 4입니다."

"두 사람이 쓸 건데요."

"침대가 4개잖아요. 그러니까 숙박세는 다 지불해주셔야 합니다. 그러지 않으면 내가 국세청과 문제가 생길 수 있습니다."

에드바르트는 어이가 없어 피식 웃으며 다시 물었다. "그러면 석 달 사용 요금은요?"

"6,500유로네요. 숙박세는 별도고요."

에드바르트는 바람결에 바스락대는 포플러나무 꼭대기를 쳐다보았다. 포플러나무들이 밀집해 있는 곳은 캠핑장의 끄트머리였다. "샬레들은 다 비어 있군요." 그는 잠시 사이를 두었다가 이렇게 말했다.

"조금 있으면 그렇지 않을걸요." 관리자의 허리띠에 달려 있는 휴대 전화 케이스에서 라데츠키 행진곡이 전자음으로 흘러 나왔다. 그는 전화를 받았다. "금방 갈게." 관리자는 잠시 통화를 나누더니 그렇게 말하고 전화기를 다시 허리춤에 집어넣었다. "제게 더 볼일 있으십니까?"

"반값이면 빌리겠습니다. 제가 보기에는 어차피 비어 있는 공간입니다. 반값으로 안 되면 그만두려고요."

"5,000유로까지 해드리겠습니다." 관리자가 말했다.

그들은 결국 4,000유로에 숙박세 별도 지급으로 타결을 보았다.

빌어먹을 위트레흐트, 에드바르트는 나중에 고속 도로 고가 아래를 지나면서 속으로 투덜거렸다. 그는 빨대로 쪽쪽 빨린 기분이 들긴 했지만 프리소와 휜터르를 자기 집에 들이지 않기 위해서라면 이 정도는 기꺼이 감수할 마음이 있었다. 그는 가속 페달을 힘껏 밟았다. 먹물처럼 검고 사악한 균사체(菌絲體)가 시·공간에 퍼지면서 캠핑장 관리자와 위트레흐트 시 말리반에 네덜란드 국가사회주의 총사령부가 있던 시절이 연결되었다. 당시 그곳에는 나치의 보안방첩대(SD)와 친위대(SS)가 주둔해 있었다. 위트레흐트는 딱 그런 유의 인간들이 들끓기 좋은 온상이었다. 에드바르트는 그날의 일과를 아직 시작도 하지 못했는데 벌써 진이 다 빠진 기분이었다.

그는 업무를 마치고 나서 암스테르담으로 휜터르와 프리소를 데리러 갔다. 그들이 신세 지고 있는 집은 동남부 슬럼가에 있었다. 썩은 쓰레기와 꽉 찬 재떨이에서 나는 악취가 온 집 안에 배어 있었다. 그들은 바닥에 매트리스만 깔고 생활하고 있었다. 그들은 슈퍼마켓 대형 봉지 세 개와 기타 하나를 차에 실었다. "이게 다야?" 에드바르트가 물었다. 프리소가 기분 나쁘게 킬킬거리면서 대답했다. "전에 살던 데 다 있어요. 뭐, 내 물건도 내가 가져올 수 없는 형편이다 보니⋯⋯. 난 내 집에 발도 들여놓을 수 없어요."

프리소는 반 년치 집세가 밀려 있었다. 가스와 전기는 이미 작년 겨울에 끊겼다. 휜터르는 뒷좌석에서 창밖으로 이어지는 수풀과 철탑들을 멍하니 바라보고 있었다. 아이는 턱에 난 붉은 반점을 벅벅 긁어댔다. 링 모양의 반점에서는 하얀 각질이 일어났다. 에드바르트는 휜터르가 측은했다. 그는 뒷좌석을 돌아보며 말했다. "캠핑장에 가면 다른 아이들도 많이 있을 거야. 놀이터도 있단다."

아이의 미소는 뤼트의 미소와 왠지 닮았다. 에드바르트는 룸미러를 통해서 아이의 오른쪽 눈에 터진 실핏줄을 보았다.

"와우." 프리소는 샬레 주위를 두리번거리면서 내뱉었다.

"당장은 더 나은 방도가 없었어." 에드바르트는 짜증을 억누

르면서 말했다. "돈은 있어?"

"아뇨, 그럴 리가. 그들이 내 가족 수당까지 싹 가져갔거든요."

에드바르트는 프리소에게 200유로를 주었다.

"이 근처에 슈퍼마켓 어디 있는지 알아요?" 프리소가 물었다.

에드바르트는 캠핑장 내에 매점이 있다고 대답했지만 함께 그곳에 가보니 물건값이 바가지 수준이었다. 결국 시내에 있는 알베르트 하이엔Albert Heijn* 까지 차로 나갔다가, 슈퍼마켓 봉지들과 함께 그들을 캠핑장 근처에 내려주고 나니 해가 다 저물었다. 에드바르트는 다음 날 캠핑용 가스와 취사도구를 가져다주겠다고 약속했다. "의자도 몇 개 부탁드려요. 탁자가 있으면 더 편하겠네요." 프리소가 말했다. 휜터르는 저물어가는 빛에 의지해 『도널드 덕』 만화책을 읽고 있었다.

---

* 네덜란드 최대의 슈퍼마켓 체인 브랜드.

다음 날 저녁, 에드바르트는 뤼트와 모리스를 데리고 캠핑장에 갔다. 뤼트는 키슈*를 만들어가지고 갔다. 휜터르는 모리스에게서 눈을 떼지 못했다. 프리소는 누나와 매형이 이런저런 질문을 하자 일단 자기가 새로운 주거지가 정해지면 추징을 당할 일은 없을 거라고 대꾸했다. 그는 가족 수당은 압류당하지 않는다는 조건으로 부채 상환 계획서에 서명을 했다. 휜터르가 다닐 새로운 학교도 이미 정해졌다. 뤼트는 어깨에 숄을 둘렀다. "휜터르, 아기를 세게 만지면 안 돼. 아직

---

* 달걀, 생크림, 각종 부재료로 속을 채워 구운 파이.

어려서 살살 쓰다듬어줘야 해." 에드바르트가 모리스를 안으려고 하자 뤼트가 고개를 가로저으며 모리스가 이제 막 차분해졌으니 내버려두라고 했다.

에드바르트는 집으로 돌아가고 싶었다. 처남 얼굴만 봐도 욕이 나올 것 같았다. 저렇게 글러먹은 새끼가 한 아이를 책임질 수 있을 리 없었다. 나중에 집에 가서 뤼트에게도 그렇게 말할 작정이었다. 하지만 그들은 어느새 프리소가 차양 아래 어슴푸레한 그늘에서 다리를 꼬고 흥얼거리는 노래에 귀를 기울이고 있었다. 레너드 코언Leonard Cohen* 노래로군, 에드바르트는 생각했다. 옛날 같았으면 아시아의 해변에서 모닥불을 피워놓고 이런 노래로 여러 사람 마음을 사로잡을 수도 있었을 것이다. 여자들은 그를 '감성적인' 사내로 착각하고 쉽사리 몸을 맡겼겠지. '다 지나간 일이다Das war einmal.' 에드바르트는 욥이 잿더미 위에 주저앉듯,** 프리소의 그런 삶이 A27 고속 도로 근처 캠핑장에서 막을 내렸다고 생각하자 통쾌한 기분이 들었

---

* 캐나다 출신 싱어송라이터(1934~2016). 사랑, 종교, 정치 등을 주제로 2,000여 곡을 쓰며 꾸준히 활동했고, 그만의 서정적이고 문학적인 가사로 인기를 끌어 음유 시인으로 불렸다.
** 구약 성서 「욥기」의 내용. 욥은 전 재산을 잃고 집이 무너졌으며 사랑하는 아이들을 모두 잃는다. 게다가 온 몸에 종기와 부스럼이 번져 고통스러워한다. 이 구절은 무너진 집의 잿더미 위에 앉아 기와 조각과 사금파리로 자신의 몸을 긁던 장면과 관련이 있는 것으로, '최악의 상황'을 의미한다.

다. 이제 그에게 부족한 것은, 뭐랄까……. 그래, 겸손이다. 주위를 둘러보는 염소처럼 냉랭한 두 눈은 여전히 오만방자했다.

노래가 끝났다. "죽여주네, 늘 그렇지만." 프리소가 자화자찬을 했다. 그는 포도주가 담긴 플라스틱 컵을 들어 올렸다. "부르주아들에게 멸시를, 하지만 그들의 잔은 비우세!"* 에드바르트는 이 기생충만도 못한 인간에게 술을 강탈당하는 부르주아가 바로 자기인 것 같다는 생각을 떨치지 못했다.

그날 저녁, 그들이 막 잠자리에 들려는데 뤼트가 말했다. "여보, 내키지 않는 건 아는데 당신이 위층으로 올라가는 게 좋겠어. 내가 보기에 모리스가 아빠랑 같이 있으면 더 흥분하고 잠을 못 자는 것 같아. 당신이 따로 자는 게 나아."

그녀의 목소리는 다정하고 사근사근했다. 그녀는 '가르치는' 말투로 자기 생각을 말하고 있었다. 그는 대꾸도 하지 않고 침실에서 나왔다. 아내와 아들 때문에 자기 침대에서 쫓겨났다는 사실이 짜증 나고 수치스러웠다. 그는 붉은 포도주를 마시면서 거실에서 텔레비전을 보았고 자정이 지나서야 지붕 아래 침실로 올라갔다. 꿈에 물체가 유액 속으로 가라앉듯 사람과

---

* 리하르트 민네(Richard Minne, 1891~1965)의 시 「시인의 필독서」의 한 구절.

사물이 하늘에서부터 아주 서서히 떨어지는 광막한 공간을 보았다. 사람들과 사물들은 지표면에 닿아도 부서지거나 흩어지지 않고 그대로 땅속으로 처박혔다. 잔디 깎는 기계, 거꾸로 뒤집힌 나무, 사무실 안락의자, 낯모르는 사람 등이 서서히 비처럼 쏟아지는 가운데, 그는 홀로 우뚝 서 있었다.

아침에 아래층으로 내려와보니 뤼트는 벌써 모리스를 어린이집에 맡기러 가고 없었다. 그는 빵 한 쪽을 먹고 과일 주스를 잔에 따르지도 않고 팩에 입을 대고 마셨다. 식탁에 메모가 남겨져 있었다. '프리소가 설거지통과 솔 하나만 가져다 달래(화내지 마). 자기에게 키스를 보내.'

그날은 하루 종일 꿈에서 덜 깬 기분이었다. 뭔가가 이미 시작됐고 다시는 그 전으로 돌아가지 못할 것 같은 느낌. 그것은 그림자처럼 내처 그의 뒤에 달라붙어 있었지만 태양의 방향이 바뀌어버린 지금은 훨씬 더 무겁고 어두운 모습으로 다가오고 있었다. 이제 그것과의 조우는 치명적일 것이다.

그는 전화가 오기를, 문자 메시지가 오기를 기다렸다. 불길한 예감이 들었다. 하지만 별일은 없었다. 그날 하루도 끝나가고 있었다. 아무 일도 일어나지 않았다.

그는 차에서 뤼트에게 전화를 걸었지만 뤼트는 받지 않았다. 그는 음성 메시지를 남겼다. "설거지통과 솔을 사서 캠핑

장에 가져다주고 바로 집으로 들어갈게. 저녁은 같이 먹을 수
있을까?"

그는 전화를 끊으면서 자기가 구걸하는 것 같다는 생각이
들었다. 뤼트도 그의 말투가 비굴하다고 느끼고 남편을 업신
여기지나 않을까.

캠핑장 관리자는 프리소에게 샬레 바깥에 어수선하게 늘어
놓은 잡동사니를 당장 치우라고 명령했다. 다른 샬레 중 한 채
에 예약이 들어왔다고 했다. "망할, 이왕이면 동구권 예쁜이들
이나 몇 명 살랑거려주면 좋겠네." 프리소가 말했다.

에드바르트는 차를 몰고 집으로 돌아오면서 캠핑장 관리자
의 독일계 특유의 융통성 없는 태도와 프리소의 지독한 '나 몰
라라' 주의가 재미있는 충돌을 일으켰으리라 생각했다. 그렇게
생각하니 프리소가 감탄스러워졌다. 프리소는 제풀에 뒤로 나
자빠진 자였다. 자기를 잡아줄 사람이 있든지 없든지, 그는 그
딴 것은 신경 쓰지 않는 것처럼 보였다. 그런데도 매번 잡아주
는 사람이 있었다. 프리소는 집안에서 제일 어린 사람, 막내둥
이였고 그가 싼 똥은 늘 다른 사람이 치워줬다. 아무도 그의 성
격상의 결함을 크게 나무라거나 본때를 보여주지 않았다. 뤼트
조차도 여전히 남동생을 싸고돌고 있었다.

에드바르트의 감탄은 질투와 조금도 다르지 않았다. 그는

넘어져봤자 잡아주고 일으켜주는 사람이 아무도 없었으니까.

그는 프리소와 휜터르의 빨랫감이 가득 든 자루를 질질 끌면서 집으로 들어갔다. 뤼트는 그가 집에서 급사 노릇을 하는 것을 당연하게 여겼다. 그녀는 다리를 접어 올린 채 테라스에 앉아 있었다. 테라스 탁자에는 베이비폰이 놓여 있었다. "왔구나!" 뤼트가 외쳤다. 엄마가 되고 나서부터 그녀는 아무리 피곤해도 끄떡없는 일종의 충만감을 뿜어냈다. 에드바르트는 그녀를 향해 몸을 숙였다. 그녀의 키스는 자기 머리로 그의 머리를 살짝 밀어내는 동작에 더 가까웠다.

그는 무슨 말부터 먼저 해야 할지 몰랐다. 자신이 듣고 싶지 않은 말들을 들을까 봐 두려웠다. 진실은 강자들의 특권이다.

뤼트는 모리스의 어린이집에서 있었던 일을 이야기했다. 이런 유의 얘깃거리는 두 사람 모두가 빠져나가기 좋은 구멍이었다. 정원에는 꽃이 만발해 있었다. 그는 클레마티스를 새로 몇 포기 심어두었다. 깨진 화분 조각들이 이 식물의 민감하기 그지없는 뿌리 위에 포개져 있었다. 그 클레마티스들이 보라색과 분홍색으로 꽃을 피웠다.

뤼트가 그를 바라보았다. "있잖아, 에드바르트, 우리가 이것저것 많이 시도해봤지만……"

그는 억지로 아내의 눈을 바라보았다.

"우린 아이를 달래지 못하고 있어. 우리가 무슨 짓을 해도 아이가 차분해지지 않아. 당신도 그렇게 생각하지 않아? 난 이미 몇 주 전부터 그 거지 같은 약을 애한테 먹이지 않게 됐어. 인파콜, 잔탁, 도필뤼트, 그딴 것들 전부." 그녀는 세차게 도리질을 했다. "그런데 당신은 눈치도 못 채더라고."

그의 얼굴이 찌푸려졌다.

"당신은 그러면 안 된다고 할 것 같았어. 그래서 일부러 말 안 한 거야. 왜냐하면……."

"의사에게 약을 끊어도 되는지 묻지도 않고 그랬단 말이야?"

"잠깐만, 내 말 좀 들어봐. 내가 뭔가를 깨달았기 때문에 그랬어. 약 말고 다른 것. 당신은 과학에 정면으로 위배되는 말이라고 하겠지만 때로는 한 어머니가…… 세상 모든 연구를 합친 것보다 더 잘 알 수도 있어."

이웃집 정원에서 치익치익 스프링클러 돌아가는 소리가 났다. 물줄기가 규칙적으로 파라솔 꼭대기에 부딪히는 소리였다.

"애는 주로 저녁에 울어, 에드바르트. 저녁과 주말에만 많이 운다고. 주로 이때만 흥분해서 부산을 떨고 큰 소리로 울면서 떼를 쓰지. 집에 나하고 둘만 있을 때는 훨씬 차분하게 굴어. 어린이집 선생님들도 아이가 순하다고 그래." 뤼트는 다시 다리를 의자 위로 접어 올렸다. "낮에는 아무 문제가 없어. 아예 안우는 건 아니지만 훨씬 견딜 만해. 그런데 저녁에는 못 살겠어. 주말에는 미칠 것 같아. 내가 쭉 지켜봤어. 이건 우연이 아니야.

당신은 애가 왜 그런다고 생각해, 에드바르트? …… 이런 말 하게 되어 미안하지만 난 당신 때문이라고 생각해."

그는 파라솔에 물줄기가 다 지나갈 때까지 기다렸다가 물었다. "뭐가 나 때문이라는 거야?"

뤼트가 정원 안락의자에 몸을 묻었다. "아이가 우는 이유."

그는 무슨 말이든 내뱉으려고 두 번이나 시도했지만 단어가 튀어나오지 않았다. 두 사람을 가르는 침묵 속으로 배〔船〕들이 가라앉고 있었다.

"아, 그래." 한참 후에야, 자기 목소리가 제대로 기능하는지 시험해보듯 겨우 이 말을 할 수 있었다.

"당신이 집에 있을 때에만 애가 울어. 우연이라고 생각하기에는 너무 딱딱 맞아떨어져."

"미쳤군." 에드바르트는 천천히 말했다.

"난 본 대로 말하는 거야."

"하늘에 떠 있는 구름을 보고 누군가의 얼굴이 보인다고 하는 사람들도 있어. 어떻게 그런 생각을 할 수가 있어? 아이 약을 자기 마음대로 전부 끊어놓고는 그랬더니 뭐가 문제의 원인인지 알았다고? 당신은 우연한 관찰에서 쓸모없는 결론을 끌어냈을 뿐이야. 게다가 아이가 내가 있으면 못 참는 '이유'가 대체 뭔데?"

"나도 전혀 몰라."

"말해봐. 이미 생각을 해봤잖아. 뭐라도 떠오른 게 있겠지."

뤼트는 물고기처럼 그 자리에서 미동도 없이 그를 응시했다. "당신이 정말로 알고 싶다면……." 그녀가 드디어 운을 떼었다.

그들은 기다리고 있었다. 물줄기는 빙그르르 돌면서 소리를 냈다. 7초 남짓한 시간이 한없이 길게 느껴졌다. "아빠가 자기를 원치 않았다는 걸 아이가 느끼는 것 같아."

절대로 주워 담을 수 없는 말들이 있다. 그런 말들이 일단 소리가 되어 울리고 공기 중에 퍼지면 모든 것이 변한다. 소스라치게 놀라서 예전은 어땠는지 절로 되돌아보게 만드는 말들.

그의 머리가 너무 무거워져서 척추에서 떨어져 나온 듯 앞으로 수그러들었다. 그는 그 자세로 한참을 있었다. 그러고는 마침내 고개를 들면서 말했다. "다 잘되기를 바랐어. 진심으로 그렇게 되기를 바랐어. 하지만 그렇게 되지 못했네. 심지어 내 예상보다 더 나빠졌어. 난 내가 무슨 말을 해야 하는지조차 모르겠어. 일단 당신이…… '정상'으로 돌아오고 나면 얼마나 미친 소리를 지껄였는지 깨닫게 될 거야."

"미안해. 당신이 화내는 거 이해해."

그는 안락의자를 박차고 일어나 등받이 위쪽을 짚었다. "개소리 좀 그만해, 제발!" 그는 나가버리고 싶었지만 마음을 고쳐먹었다. "당신이 그런다고 '내 아들'이 '나에게 알레르기 반응을 일으킨다는 개소리를 믿을 것 같아? '나 때문에' 애가 허구한 날 먹은 것을 토한다고? '나 때문에' 애가 죽기 살기로 울어댄다고? 나 참…… 넌 완전히 돌았어. 세상에, 진짜야. 임신을 하면 뇌에도 이상이 생기나 보군. 호르몬이 정신 이상을 일으키나 봐? 미친년."

그의 가슴을 찢고 용이 한 마리 솟아나는 것 같았다. 환상적인 느낌이었다. 그는 지금껏 한 번도 아내 앞에서 이성의 끈을 놓아버린 적이 없었다. 하지만 지금 그 따위가 대수인가? 그는 졌다. 그가 꿈에서 보았던 사막과, 그를 기다리는 현실은 조금도 다르지 않았다.

참 이상하군. 그가 나중에 한 생각이다. 이상하게도 모든 것이 평소와 다름없이 계속되었다. 그녀는 먹다 남은 포도주 병에 진공 마개를 끼우고, 접시는 접시끼리, 잔은 잔끼리 식기 세척기에 넣었다. 그는 주방 뒤 다용도실에 쪼그리고 앉아 프리소와 휜터르의 세탁물을 분류했다. "당신도 빨 것 있어?" 그가 큰 소리로 물었다. 그녀는 위층에 올라갔다가 다시 내려왔고 그들의 옷가지도 드럼 세탁기 안으로 들어갔다. 그는 팬티 안쪽에서 눈을 떼지 못했다. 뤼트의 말라붙은 분비물, 처남의 갈색 흔적과 옷감에 선명하게 찍힌 항문 자국. 프리소의 몸에서 나온 입자들과 그들 세 식구의 옷가지를 한 세탁기에 넣고 같은 물로 헹군다고 생각하니 토할 것 같았다. 그는 자기네 식구의 옷을 세탁조에서 도로 꺼냈다. 세포 수준에서도 용납할 수 없는 일이었기에.

자명종 시계를 챙기려고 침실에 들어갔더니 모리스가 울기 시작했다. 뤼트가 침실 스탠드를 켜고 모리스를 아기 침대에서 안아 올려 젖을 물렸다. 그는 침실을 나오면서 조용히 문을 닫았다.

한밤중에 그는 꼭대기 층 욕실에서 소변을 보았다. 아직도 비상구가 있을지, 현재의 흐름에 틈을 내고 예전과 같은 생활로 돌아갈 수 있을지 생각해봤다. 그는 그날 밤과 그 후의 많은 밤을 천창에서 떨어지는 은빛 아래 누워 비관적인 생각을 하며 보냈다. 은은한 빛은 노젓기식 실내 운동 기구와 이삿짐 포장 상자들을 후광처럼 감싸고 있었다. 가끔씩 뤼트의 목소리가 또렷이 들리는 것 같았다. "나도 내가 뭐에 씌었는지 모르겠어. 정말 미안해." 그의 상상 속에서 그는 이 말을 듣고 부부 침대와 두 사람의 인생에서 그의 원래 자리를 되찾았다. 에드바르트는 그 같은 신기루를 위안 삼아 겨우 잠이 들었다.

그 일이 있고서 며칠 동안 그는 뤼트가 일종의 사무적인 친절로 일관하고 있음을 눈치챘다. 안내대 직원이나 승무원에게서나 느낄 법한 친절이었다. 그는 감정을 드러내지 않았지만 과연 그런 태도를 얼마나 오래 유지할 수 있을지 자신이 없었다.

이러다가 분을 못 이겨 집에 불을 싸지르고 혹해 동부 연안으로 도피해서 조지아의 트빌리시 거리에서 손금을 봐주거나 부둣가에서 밀감이나 까먹는 신세가 될지도 몰랐다.

그는 자기 소유의 집에서 불가촉천민처럼 살고 있었지만 이건 어디까지나 뤼트가 이성을 되찾고 자기 생각의 어리석음을 깨달을 때까지 시간을 주는 거라고 믿었다.

하루는 저녁 식사로 뤼트가 좋아하는 리소토를 만들었다. 하지만 뤼트는 먹는 둥 마는 둥 깨작거리기만 했다. 그는 그 모습을 바라보면서 어쨌든 저 여자도 사는 게 예전 같진 않구나, 라는 생각에 기분이 좋아졌다.

"이봐, 뤼트." 그는 잠시 후에 입을 열고 편지를 낭독하듯 말했다. "부디 내 말 좀 들어줘. 예전처럼 귀를 열고, 우리에게 아직 모리스가 없던 시절처럼 내 말을 들으려고 노력해봐. 우리 의사를 만나서 제대로 상담을 받아보자. 아빠 때문에 아기가 병이 나는 경우를 본 적 있는지 물어보자고. 어떤 아빠가 단지 곁에 있기만 해도 아기를 울릴 수 있을까? 진짜 그런 유의 알레르기가 존재한다면 다른 사례들이 있었을 거 아냐. 그 부분을 도와줄 수 있는 의사를 찾아보자. 우리를 전혀 모르는 새로운 의사였으면 좋겠어. 어쨌든 이런 식으로 계속 살 수는 없어."

그러나 뤼트는 고개를 저었다. "난 이제 의사라면 지긋지긋해. 의사를 만나면 당장은 반짝 하고 좋아지는 것처럼 보일 뿐이야. 또 병원을 찾을 이유는 없다고 봐."

"그럼 어쩌자는 거야?" 그가 바라는 것 이상으로 언성이 높아졌다. "나는 다락방에서 자고 당신에게 불가촉천민 취급을 받고 있어. 내가 내 집에서 개밥의 도토리 신세가 됐다고!"

"당분간만이잖아. 모리스의 건강이 우선이야! 일단 애가 나아지면 그때 가서 다시 생각하자."

7년을 함께 살았던 여자 속에 이렇게나 딴판인 다른 여자가 들어앉아 있었다니. 지금 이 여자는 그가 아예 모르는 여자였다. 전에는 이런 모습이 있을 거라고 의심조차 해보지 않았다. 그녀가 이렇게 편협하고 독단적인 인간이었나. 측은지심도 없이 제 뜻만 철통같이 고수하는 여자였나.

그녀는 모리스를 가급적 에드바르트와 멀리 두려고 했다. 에드바르트가 가끔 열불이 나서 폭발할수록 그녀의 결심은 더욱 굳건해졌다. 아빠가 아들의 병이라면 아들을 가급적 병이 미치지 않는 곳으로 대피시키는 것이 이성적인 처사 아닌가?

그는 생각했다. 놀라워, 사람은 남의 광기에 참 빨리 익숙해지는구나. 아주 드물게, 그가 모리스를 안아주고 함께 놀아줄 수 있을 때면 그는 아기가 아빠를 편안해한다는 증거를 보여주려고 안간힘을 다했다. 그는 이 상황에 적응함으로써 뤼트의 신념을 반박하고자 애썼다. 이 노력을 밀고 나간 나머지, 그는 이제 집 안에서도 늘 발끝으로 살금살금 걷고 목소리를 낮추어 말하게 되었다. 그렇게 함으로써 병의 원인인 자기 존재를 지웠다. 그는 자기 집에서 유령처럼 살았고 자기가 밟은 계단이 삐걱 소리를 내면 움찔했다. 그는 질병으로서의 삶에 순식간에 적응했다. 그가 생각해보니 결과적으로 그러한 적응은 자신의 엄청난 죄를 확증하는 효과밖에 없었다. 뤼트는 그가 '그래, 내가 내 아들의 병이다.'라고 시위하는 거라고 해석할 터였다.

밤중에 그는 아래층에서 올라오는 아기 울음소리를 들었다. 뤼트가 주장하듯이 그는 진정 아이를 원치 않았던 아버지인가? 그는 아이를 갖기로 했을 때 무슨 생각을 하고 어떤 기분을 느꼈는지 기억해내려고 애썼다. 그는 뤼트가 피임약 복용을 중단하겠다고 했을 때 그 자리에서 바로 동의했다. 난임 검사도 내키지 않았지만 응했다. 검사를 받기 싫어했던 건 사실이지만 그게 그가 아이를 원치 않았다고 결론 내릴 만한 일인가? 아니면 그의 의지와 상관없이 정자 생존율이 떨어진 것도 일종의 '태업'으로 간주한 건가?

그는 도무지 잠이 오지 않는 밤이면 이런 생각이 들었다. 결국 뤼트의 망상은 질병을 집에서 쫓아내야 한다는 결론에 이를 것이다. 아직까지 그런 생각을 대놓고 말로 표현하지 않았을 뿐, 언제가 될지는 몰라도 기어이 그런 말을 하고야 말 것이다.

잠시 후에는 또 이런 생각이 들었다. 사실은 '두 사람 모두' 그가 이 집에서 나가야 한다고 보고 있었다. 그녀는 아이의 상태를 호전시키기 위해서, 그는 아빠의 존재가 아이의 건강 상태에 아무런 영향도 미치지 않는다는 증거를 확보하기 위해서. 그래야만 그의 무죄가 성립되리라. 그래, 전략을 그렇게 짜야 할 것 같았다. 언젠가 질병으로서의 삶과 작별하고 다시 한 번 남편이자 아버지로서 살려면 그 방법밖에 없을 것 같았다. 그래, 그가 잠시 꺼져주는 것이 모두에게 더 나을 것이다.

집을 박차고 나와 침낭과 여행용 배낭을 차에 싣고 동
네를 떠나자마자 세상이 자기 것이 되리라고 생각한다면 크게
착각하는 거다. 에드바르트 란다우어르에게는 세상이 외려 더
작아졌다. 사실, 이제 그는 하루의 대부분을 연구소 사무실에
서 보내게 되었다. 그가 끙끙대느라 미뤄두었던 일거리들은 신
속하게 해결되었다. 학기 마지막 강의 준비도 끝났겠다, 그는
인터넷만 들여다보고 있었다. 별 의욕도 없이 이 사이트에서 저
사이트로 넘나들다 보면 권태롭다 못해 짜증이 날 지경이었지
만 다른 소일거리가 없었다. 그는 정시 퇴근하는 다른 사람들
과 함께 연구소에서 나갔지만 '중국의 벽'이라는 식당에서 저
녁을 해결하고 다시 연구소로 들어왔다. 밤에 출출할까 봐 남

은 음식은 포장을 부탁해서 싸들고 왔다.

6월 말이었다. 연구소 주위는 울창하게 자란 나무와 풀이 벽을 이루었다.

그의 비서 호르데이크 부인이 물었다. "그런데 올여름 휴가는 어디로 가세요?"

"한 주 정도는 프랑스의 주앙레팽에서 보낼 겁니다. 나머지는 그때 봐서……."

"그거 멋지네요, 일단 떠나보고 나서 마음 가는 대로 움직인다?"

그는 고개를 끄덕였다. 그렇지, 멋진 일이었지.

저녁에 그는 아무도 없는 연구소를 이리저리 배회하며 직원들의 자리에서 가족사진이나 메모지, 만화책, 신문이나 잡지에서 스크랩한 지혜의 말씀, 포스터 따위를 구경했다. 깜박 잊고 컴퓨터를 끄지 않은 자리에서는 개인적인 이메일들까지 읽을 수 있었다. 직원들이 평화로운 집에서 자신의 배우자와 포개진 스푼 같은 자세로 잠자는 동안 그는 그들의 생활 언저리에서 서성거리며 그 대수롭지 않은 인생들을 한 가닥 한 가닥 엮어가고 있었다. 때때로 그는 잠자기 전에 연구소의 동물들을 둘러봤다. 족제비들도 서로 몸을 서로서로 뒤엉킨 채 잠이 들었고 그가 "잘 자라."라고 인사를 건네면 암탉들은 횟대에서 졸린 눈을 동그랗게 뜨곤 했다. 그는 자기 사무실 벽장에 침낭, 저절로 부풀어 오르는 캠핑용 매트리스, 집에서 가져온 깃털 베개를 넣어두었다. 창문 바로 아래, 창턱 그늘이 드리워져 아침에도 어둠이 가장 늦게까지 물러나지 않는 그곳에 에드바르트는 잠자리를 마련했다. 그는 연구소 화장실 세면대에서 양치질을 하고 수염을 다듬었다. 때때로 연구소 내에 있는 비상 샤워 시설을 이용해서 샤워를 했다. 몸 냄새가 나거나 관리가 소홀해진 태가 나면 직장 사람들이 이상하게 생각할 터였다.

잠자리에 누워서도 눈이 말똥말똥할 때면 자기의 젊었을 때를 생각했다. 청춘의 추억은 점점 더 거세게 그의 마음속에서 살아났다. 할아버지 할머니의 과수원이 자주 생각났다. 쌉싸름하면서도 달콤한 야생 자두의 맛, 알이 굵고 반점이 많은 배 맛도 기억났다. 그가 대충 계산해보니 59번 국도가 고속 도로가 되기 전이니까 1960년대 초의 일이었다. 할아버지의 작은 과수원과 농가는 고속 도로 개발 사업으로 사라져야만 했고 그 때문에 할아버지의 인생도 막을 내렸다. 적어도 에드바르트의 어머니는 그렇게 믿어 의심치 않았다. 에드바르트의 아버지는 우울증 때문에 암이 생기지는 않는다고 했지만 어머니는 언제나 풍부하게 써먹곤 했던 격언과 속담 꾸러미에서 이 말을 꺼냈다. "땅의 형편은 하늘의 형편을 따라가게 되어 있어, 빌리. 몸의 형편은 마음의 형편을 따라가게 되어 있고."

에드바르트는 그런 식으로 자기 생의 오르막길과 내리막길을 걸어왔다. 전체적으로 뭉뚱그려진 회상이었고 각각의 에피소드는 기억나지 않았다.

어느 날 밤, 그는 얕은 잠에서 불현듯 깨어났다. 사무실 문이 열렸다. 불빛이 정면으로 날아왔다. 에드바르트는 잠자리에서 일어나 눈을 비볐다. 연구소 경비원이 문간에 서 있었다. 경비원은 안으로 몇 발짝 들어와 손전등을 든 손을 올렸다. 손전등은 여차하면 곤봉으로 쓸 수 있을 만큼 크고 묵직해 보였다. 그의 시선이 자기 앞에서 여행용 침낭을 요란하게 바스락대며 몸을 일으키는 사내에게 고정되었다. 마침내 경비원이 먼저 입을 열었다. "당신 누굽니까? 여기서 뭘 하는 거예요?"

에드바르트는 바지 주머니에서 연구소 직원 출입증을 꺼내 경비원에게 내밀었다. 경비원은 마그네틱 카드를 앞뒤로 유심히 살펴보았다. 에드바르트는 고치를 절반만 벗은 나비처럼 침낭에서 몸을 마저 빼는 중이었다.

"내가 여기 소장입니다만." 에드바르트가 말했다.

"그러시겠지요. 하지만 이 시각에 도대체 뭘 하고 계신 겁니까?"

그의 셔츠는 칼라가 너무 넓어서 그 사이로 솟아 있는 목이 애처롭게 보였다.

"야근을 했소. 야근임을 감안해주시오……. 이제 난 다시 눈을 좀 붙이고 싶소만."

"저는 제 일을 하고 있는 겁니다, 소장님."

언제부터 경비원들이 무슨 말만 하면 발끈하게 됐지? 왜 분개하는데? 내가 뭐 못되게 굴기라도 했어?

에드바르트는 자리에 도로 누우면서 말했다. "내일도 아침댓바람부터 일해야 합니다. 죄송하지만 불 좀 꺼주시구려."

잠시 후, 에드바르트는 복도에서 점점 멀어져가는 발소리를 들었다. 잠은 키 큰 풀을 베는 낫처럼 소리도 없이 다가왔다.

그는 주말 내내 심심해 죽을 것 같았다. 마르욜레인은 그의 전화를 받지 않았다. 그는 연구소 주변 숲길을 세월아 네월아 산책했다. 너도밤나무들이 드리운 연둣빛 차양 아래서 희미하게 뭔가 썩는 냄새가 났다. 그는 모리스가 보고 싶었지만 아직은 적당한 때가 아니었다. 그는 버텨내야만 했다. 적어도 두 주는 그래야 했다. 그의 예상으로는 7월 중순까지 버티면 뤼트도 자기가 얼마나 잘못했는지 깨닫지 싶었다. 시간이 더 필요할 리는 없었다. 그럴 순 없었다.

그는 초저녁에 마르욜레인에게 전화를 걸었다. "여보세요?" 그녀는 다른 사람이 자기 전화를 가로챈 적이라도 있는 것처럼 떨떠름한 목소리로 전화를 받았다.

"나야."

"지금 통화 못 해. 나중에 다시 걸게." 그녀가 황급히 대답했다.

"그렇게 해, 우리 고양이." 에드바르트는 그렇게 대꾸했지만 전화는 이미 끊어진 후였다.

그는 공연히 책상 다리를 발로 걷어찼다. 해병대 남자 친구가 돌아왔을지도 모른다는 생각이 들었다. 왜 대인 지뢰는 진짜로 필요할 때 안 터지는 거야?

일요일은 암벽처럼 그의 앞에 우뚝하니 버티고 있었다. 그는 슈퍼마켓에 다녀올 때 빼고는 연구소를 벗어나지 않았다. 빌토번에 있는 슈퍼마켓은 문을 닫아서 차를 몰고 위트레흐트의 보르스트라트까지 가야 했다. 온 나라에서 선크림 냄새가 나는 것 같았다. 그는 불법 이주민처럼 상품 진열대들에 바짝 붙어 몸을 감추었다. 행여 자기가 가르치는 학생이라도 만날까 봐 두려웠다. 누군가의 "안녕하세요." 한마디에도 그의 딱한 처지가 만천하에 드러나고 말 성싶었다. 그는 연구소로 돌아와 맥주 몇 캔을 입구 옆 간이 주방 냉장고에 넣어두었다. 숲의 상쾌한 공기가 열려 있던 창문으로 파고들었다. 가끔 밤에 부엉이 우는 소리를 들은 적도 있었다.

아직도 잠자리에 들려면 대여섯 시간은 더 있어야 했다. 집에 무슨 일은 없는지 궁금하다 못해 초조했고 전화조차 없는 뤼트에게 실망했다. 그는 추방당한 사람처럼 시간이 갈수록 집에서 점점 더 멀리 밀려나고 있었다. 강을 넘고 들을 넘어, 영원히 해가 지지 않는 세상 끝까지 밀려날 판국이었다. 진절머리나게 꼬박꼬박 찾아오는 저녁 어둠이 그 무엇보다도 견디기 힘들었다. 그는 그 시각을 최대한 빨리 보내버리기 위해서 일부러 좀 늦게까지 기다렸다가 '중국의 벽' 식당까지 걸어갔다. 식당에는 손님들이 많았다. 여기저기서 유쾌한 수다판이 벌어지는데 그 사이에 혼자 자리를 차지하고 앉아 있고 싶지는 않았다. 식당 종업원은 친절하고 사려 깊었다. 포장 음식 계산대를 맡아보는 청년은 "중국요리를 좋아하시나 봐요?" 비슷한 말을 건넸으나 그게 다였다. 그는 포장 음식이 나올 때까지는 맥주를 한 잔 마시면서 외식 산업 전문 잡지 과월호를 들춰보았다. 그러다 잠시 후 봉지를 받아 들고 연구소로 돌아갔다.

그는 야채볶음밥을 먹었다. 휴대 전화는 울리지 않았다. 그는 세상에서 죽은 자였다.

월요일 아침이 되었다. 복도에서 사람 소리가 나고 문들은 열리고 닫혔다. 그는 안도하면서 돌아온 삶의 소리에 귀를 열었다.

"안녕하세요. 일찍 오셨네요." 호르데이크 부인이 인사를 했다.

그는 마르욜레인이 평소 일하는 구역을 슬쩍 둘러보았다. 그녀는 아직 출근 전이었다.

아침 회의가 끝나갈 무렵, 헤르손이 희끗희끗한 머리를 문간에서 불쑥 내밀었다. "모두들 안녕하신가. 나 신경 쓰지 말고 하던 대로 하시게. 에드, 조금 있다가 나 좀 볼 수 있을까?"

"우리도 다 끝났어." 에드가 대답했다.

그들은 함께 에드의 사무실로 들어갔다. 헤르손이 허공을 손가락으로 가리키면서 말했다. "무슨 냄새람! 자네, 여기다 식당 차렸나?"

그는 문을 닫고서 책상 가장자리에 엉덩이를 기댔다. "짧게 말할게, 에드……."

에드바르트는 바퀴 달린 안락의자를 책상에서 떼어놓고는 재미있다는 표정으로 헤르손을 쳐다보았다.

"잘 지내고 있는 거지?" 헤르손이 물었다.

에드바르트는 안락의자에 기대면서 다리를 꼬았다. "자네가 나한테 그런 걸 묻는 건 처음이야."

"나 진지해, 에드."

에드바르트의 얼굴에서 미소가 사라졌다. "왜 물어보는데? 무슨 문제 있어?"

헤르손이 그의 얼굴을 지그시 바라보았다. "두 가지 문제가 있어. 아니, 사실은 세 가지야. 지난번 라디오 방송에서 자네가 했던 발언은 영…… 능숙하지가 못했어. 내가 완곡하게 표현하는 거야. 자네답지 않았어, 에드."

에드바르트는 손으로 입을 가리고 기침을 했다. 회피 행동이었다.

"내가 무슨 말을 하겠어? 알지, 모리스가 태어난 후로 내가 좀 힘들어. 애가 잠을 못 자고 우리 부부도 밤을 꼴딱 새기 일

쑤야. 내가 아마 요즘 컨디션이 좋지는 않을 거야. 그래도 조금 있으면 우리 애도 6개월이 돼. 그러면 제일 힘든 나날은 지나갈 거고……."

말하자, 말하자, 말을 멈추면 안 된다. 말로 전부 다 덮어버리자. 억눌러버리자.

"그러니까 내 생각에는 그때부터는……."

"자네가 사무실에서 잔다는 소리가 들리더라고." 헤르손이 말했다. 마치 에드바르트의 말은 전혀 귀담아듣지 않는 것 같았다.

침착해, 무너지면 안 돼. "아, 맞아, 그때는……."

"자네도 그런 일은 금물이라는 것 정도는 잘 알고 있겠지. 자네가 그러면, 음, 뭐라고 해야 할까, 자네 팀에 좋지 않은 영향이 가." 그는 사무실 안을 눈으로 한번 훑었다. "왜 여기서 자는지 물어봐도 될까?"

에드바르트는 말을 하려다가 잠시 멈췄다. 그러고는 다시 입을 열었다. "그래, 내가 연구소에서 잘 때가 있어. 가끔 가다 한번씩 그래. 퇴근이 너무 늦어질 때. 우리 집은, 음…… 자네는 아기가 울음을 그치지 않는다는 게 어떤 건지 모를 거야. 잠을 못 자는 것보다 심한 고문은 없어. 그게 이유야……. '페어플레이'가 아니라는 건 알아. 그래도 도무지 이런 상황에서는……."

"그 문제밖에 없는 거야? 뤼트하고는 어때? 부부 사이는 괜찮아?"

에드바르트는 볼펜으로 팔을 긁기 시작했다. 인상이 찌푸려졌다. "좋았다 나빴다 해. 아까도 말했지만 모리스가 태어난 이후로 힘든 시기인 건 확실해……. 뭐, 나머지는 문제될 것 없어, 응, 그래."

"확실한 거지? 무슨 문제가 생기면 나에게도 알려줘. 편의를 봐줄 수 있는 부분은 봐줄게."

"그게……. 고마워, 하지만 그럴 필요 없어. 그 문제만 빼면 다 괜찮으니까."

"앞으로는 연구소에서 자는 일이 없도록 해, 에드. 이건 얘기할 필요도 없는 일이야."

에드바르트는 고개를 끄덕였다. 그는 헤르손이 자기를 바라보는 눈을 피하고 싶었다. 외과의사의 눈. 이제 다 했나? 그의 조사는 끝이 난 걸까? 속에서 확 불이 일어났다. 염병할! 이제 내년이면 쉰 살이다. 지금 이 자리에서 느꼈던 기분을 두 번 다시 느끼고 싶지 않았다. 이토록 모욕적인 기분이라니!

"하나 더." 헤르손이 아주 조심스럽게 운을 떼었다. 그는 고개를 약간 뒤로 젖히고 포도주 라벨을 읽듯이 에드바르트의 얼굴을 바라보았다. "나도 알고 하는 말은 아니지만…… 확실히 말하고 홀가분해지고 싶어. 자네 부서에 그 여자 있잖아, 마르욜레인 판 위넌……."

피부가 잘 안 맞는 겉옷처럼 느껴졌다. 이 옷이 그의 공포와 수치심을 가리기에는 너무 버거운 것 같았다. 개새끼! 마지막 한 방을 숨겨놓고 있었군.

"마르욜레인, 맞아, 그 여자는 왜?"

"나한테…… 자네와 그 여자가 상사와 부하 직원의 선을 넘었다는 꽤 믿을 만한 증거들이 있어." 헤르손은 손으로 자기 이마를 쓸었다. "자네가 사실이 아니라고 말해주면 더 바랄 나위가 없겠어. 그게 사실이라고 하면 문제가 되니까."

머뭇대지 마. 정면으로 승부해. 낙하산 전개! 에드바르트는 볼펜 끝으로 팔의 가려운 데를 꾹 눌렀다. 그러고는 어이없다는 듯 웃음을 터뜨렸다.

"왜 그런 생각을 하게 됐는데?"

그의 입에서 나온 말들은 묵직하고 육감적인 날개를 달고 사무실 안을 요란스레 날아다녔다. 헤르손은 안경을 벗어서 엄지와 검지 사이에 안경다리 한쪽을 잡고 까딱까딱 흔들었다. 그는 거만하고 골치 아픈 인간으로 이름나긴 했어도 틀린 말을 한 적은 거의 없었다. 그는 자기가 틀리는 것을 가장 참기 힘들어하는 사람이었다.

에드바르트는 입안에서 바짝 말라 잘 돌지도 않는 혀로 이렇게 말했다. "맙소사, 야프, 연구소 사람들이 아무렇게나 하는 말을 다 믿고 살아?"

그는 버들가지 솜털처럼 창밖으로 훨훨 날아가고 싶었다.

"에드, 이건 심각한 문제야. 그러니까 다시 한 번 물을게. 그 여자랑 갈 데까지 갔어?"

갈림길이 나타났다. 여기서 더 잡아떼었다가는 파렴치한, 비겁한 놈이 되어버린다. 어떤 식으로든 호미로 막을 일을 가래로 막게 될 수도 있었다. 에드바르트도 제 무덤을 제 손으로 파고 있다는 것을 알면서도 마르욜레인과의 관계를 시인할 수밖에 없었다. 처음에는 망설이면서, 그러다 점점 더 확고하게, 자기에게 남은 일말의 명예를 지키기 위해 그렇게 했다. 그러나 그 고백은 승리의 확인이기도 했다. 그의 피부에 닿는 젊고 탱탱한 그녀의 피부, 그녀의 다리 사이의 비밀……. "그래, 맞아. 마르욜레인과 나는…… 음, 자네에게 자세히 설명할 필요는 없겠지."

헤르손의 입가가 일그러졌다. 거칠게 몰아쉬는 숨소리가 들렸다. "망할! 이건…… 악재야. 알아? 악재라고."

에드바르트가 손을 들었다. 그가 무슨 말을 할 수 있겠는가?

"이 바닥의 직업 윤리 강령이…… 아주 엄격하다는 건 자네도 알겠지." 헤르손이 고개를 흔들었다. "나로서는 이 사안을 원칙대로 처리하는 수밖에 없어. 유감스럽군."

"이해해." 에드바르트가 말했다.

헤르손은 이제 그의 마음을 이해하는 듯이 몸을 앞으로 숙였다. "자네를 이해하지 못하는 건 아니야, 에드. 오히려 그 반대야. 나 역시 한낱 사내일 뿐이지. 하지만 그런 사안을…… 쉬쉬하고만 있을 수는 없어. 자네도 알 거야. 고위 책임자들의 도덕성은 최우선으로 확보해야 해."

"자네 소임대로 해." 에드바르트가 말했다.

그는 일어나 창가로 갔다. 바지가 땀 때문에 엉덩이에 착 달라붙어 있었다. 그의 차는 주차장 앞쪽 어딘가에 세워져 있었다. 햇살이 기세 좋게 지붕들 위에 내리꽂혔다. 하늘이 청명한 아침이었다. 당장 차에 올라 러시아의 블라디보스토크까지라도 한번 달려보고 싶은 날이었다. 이런 날 아침에 일본과 한국 사이의 바다를 내려다볼 수도 있을 것이다. 그런데 정말로 모험에 나서는 이들은 왜 그리 적은가?

그가 창밖을 바라보는 동안 헤르손도 자리를 뜰 채비를 했다. "어차피 조금 있으면 여름휴가철이지. 식구들이랑 프랑스에 다녀와. 조용하고 경치 좋은 데 찾아서 몇 주 푹 쉬어."

"내가 싫다면?" 에드바르트는 뒤를 돌아보았다. "진행 중인 연구들도 있고, 지금은 가고 싶지 않아."

가벼운 미소가 모든 것을 말해주었다. "이건 자네가 원하고 말고의 문제가 아니야, 에드."

에드바르트는 고개를 끄덕이며 체념했다. "그 부분을 확실히 알아두고 싶었어."

헤르손이 그에게 손을 내밀었다. 에드바르트가 기계적으로 손을 내밀자 헤르손은 "아니, 저쪽 손 좀 내밀어봐."라고 말했다. 그는 에드바르트의 왼쪽 팔목을 잡더니 안경을 이마에 올리고 얼굴을 바짝 대면서 팔목에서 팔꿈치에 이르는 부분을 집중 관찰했다. "미안, 하지만 이건 의사로서 보자는 거야." 헤르손이 고개를 들었다. "링웜ringworm*이야. 알고 있었어? 아들에게 옮기지 않도록 조심해. 이거 전염성이 강하다고."

그는 점심시간이 될 때까지 기다렸다가 복도 반대편 엘리베이터를 타고 내려갔다. 그는 배낭과 침낭을 챙겨 들고 주차장에 세워둔 차로 갔다.

그는 연구소에 그리 멀지 않은 사거리에 차를 세우고 등받이를 뒤로 젖힌 채 한 시간쯤 잤다. 그러고 나서도 세 시간을 더 기다리면서 이게 얼마나 큰일인가를 가늠해보려 애썼다. 머릿속에서 파편처럼 따로 떠다니는 문장들, 억양들, 그 외에는 아무 생각도 할 수 없었다. '에드, 부디 나를 납득시켜봐…….'

---

* 피부 진균의 침입으로 생기는 전염 피부병. 주로 원형 또는 타원형의 붉은색 반점 형태이며, 경계부가 좀 더 진하여 링(ring)처럼 보인다. 하얀 각질을 일어나는 경우도 있다.

오후 다섯 시, 그가 지켜보고 있던 거리에 마르욜레인의 세 아트 이비자 승용차가 나타났다. 그는 약간 거리를 두고 그 차를 따라갔다. 마르욜레인은 성급하고 거칠게 차를 몰았고 깜박이는 생전 켜는 법이 없었다. 그들은 고속 도로에 진입했다. 희한하네, 사이코패스처럼 행동하기 시작했더니 곧바로 사이코패스가 된 기분이 들어, 라고 에드바르트는 생각했다. 마르욜레인은 차량용 GPS가 안내하는 코스를 그대로 따라가 그녀의 집에서 멀지 않은 곳에 차를 세웠다. 그도 몇 미터 뒤 보도 옆에 차를 세웠다. 마르욜레인이 차에서 내리려는 순간, 에드바르트는 잽싸게 오른쪽 차문을 열고 조수석을 점령했다.

"썅, 뭐야, 에드…… 간 떨어질 뻔했잖아." 그녀가 자기 가슴을 부여잡고 내뱉었다.

마르욜레인은 자기 쪽 문을 도로 닫고 에드를 뚫어져라 바라보았다. 핸드백을 배에 꼭 붙인 채로. 그는 그녀의 목에서 펄떡거리는 정맥까지 볼 수 있었다. "왜 전화 안 했어?"

사이코패스처럼 말하는 법도 자동으로 습득되는 건가, 바로 그렇게 되는군.

"당신 여기서 뭐 해? 무슨 일 있어?" 그녀가 물었다.

그는 앞 차창 너머에 잠시 눈길을 주었다.

거리에는 무더위가 암캐처럼 헐떡거리고 있었다. 볼품없는 가게들, 두건, 젊은이들의 얼굴에 배어 있는 혐오감 —— 모로코 탕헤르의 한 거리가 연상되었다. 그는 탕헤르에 가본 적이 있었다. 모로코인들의 힘겹고 완고한 삶을 보았다. 그곳에서는 뭘 봐도 우울하기만 했다. "야프가 알았어, 우리 일. 그가 알고 있어."

"빌어먹을!"

그는 마르욜레인을 향해 고개를 돌렸다. "누구한테 말한 적 있어?"

"당신 생각엔 어땠을 거 같아?"

그는 눈살을 찌푸렸다. 마치 그의 얼굴이 확 구겨진 것처럼 보였다. "머지않아 당신도 따로 부를 거야."

그녀는 자기 핸드백에서 뭔가를 찾다가 자동차 키가 아직 꽂혀 있는 것을 보고 키부터 거둬들였다.

"내가 어떻게 하기를 바라? 뭐라고 말을 해야 하지?"

"당신이 뭐라고 하든, 그건 내가 정해줄 수 없어⋯⋯. 당신은 아마 큰일을 당하지는 않을 거야." 그는 팔을 긁으면서 말했다. "책임져야 할 사람은 나니까."

"그렇게 생각해?" 그녀는 그를 향해 고개도 돌리지 않은 채 물었다.

그는 잠시 기다렸다가 이렇게 말했다. "마르욜레인, 야프가 어떻게 알게 됐을까?"

그녀는 손의 뼈마디가 하얗게 불거질 정도로 운전대를 꽉 움

커잡았다. 간간이 지나가는 행인들이 차 안을 슬쩍 들여다보았다. 행인들의 눈에 그들은 어떻게 비칠까. 딸과 아버지? 중년남과 불륜녀? 문제가 있는 사람들만이 정차되어 있는 차 안에 이런 식으로 앉아 있다.

그는 마르욜레인을 응시했다. 그녀는 고개를 가로저었다. 이제 두 번 다시 이 여자를 건드리지 않을 것이다. 그런 식으로는 건드릴 수 없다. 다 끝났으니까. 그들은 꿈에서 깨어났다. 지나간 일들이 주마등처럼 그들 앞에 펼쳐졌다. 저물어가는 오후의 늙고 지친 빛 속에서.

그는 마르욜레인의 차에서 내려 자기 차로 돌아갔다. 그가 차를 몰고 그 옆을 지나치려는데 그녀가 손짓을 했다. 그는 차를 세우고 조수석 쪽 차창을 내렸다. 뜨거운 아스팔트 위, 차창을 사이에 두고서, 그녀는 그에게 마지막 작별 선물을 주었다. "휴대 전화를 탁자에 놔뒀는데 그 사람이 받았어. 전화 건 사람이 당신이라는 걸 알았지. 그래서 그 사람도 알게 된 거야." 그녀는 손을 창턱에 올려놓고 눈은 딴 데를, 앞 차창 너머 어딘가를 보면서 말했다. "그렇게 된 거였어."

뒤통수 맞은 듯 아찔함이 느껴졌다. "지금 말하는 '그 사람'이 누군데?"

"목적지에 도착했습니다." 차량용 내비게이션에서 목소리가 흘러나왔다.

"야프." 그녀는 그렇게 대답하고는 핸드백 끈을 훤히 드러난 갈색 어깨 위로 끌어 올렸다. "정말 미안해."

그는 본국으로 송환되는 전쟁 포로 같은 몰골로 캠핑장에 들어갔다. 텐트들 사이로 푸르스름한 그림자들이 퍼져 있었다. 폭우가 잦은 계절이 시작되고 있었다.

"에드 고모부다!" 휜터르가 외쳤다.

에드바르트는 배낭을 내려놓았다. "여기서 며칠 지내려고 왔어. 괜찮지?"

"미 카사 에스 투 카사Mi casa es tu casa(내 집이 당신 집이에요)*." 프리소가 대답했다.

---

* 스페인어. "남의 집이라고 생각하지 말고 자기 집처럼 편하게 있으세요."라는 환대의 뜻을 담은 말이다.

에드는 아직 아무도 사용하지 않은 침대 이층을 치우고 배낭을 그 밑에 쑤셔 넣었다.

"무슨 일이에요?" 프리소가 문간에 서서 물었다. "부부 사이에 골치 아픈 일이라도?"

에드바르트는 고개만 끄덕였다. 이를 너무 악물어서 그런지 말이 잘 안 나왔다.

조금 있다가 프리소가 종이 팩 포도주를 잔 두 개에 따르고 외쳤다. "일 포 에트르 투주르 이브르 Il faut être toujours ivre(늘 취해 있어야 한다).* 위하여!"

그는 베란다에 앉아서 신맛이 강한 술을 들이켰다. 모기들이 그의 귀에 앵앵거리며 부딪혔다. 저 멀리 고속 도로에서 웅웅대는 소리가 들렸다. 금세 어두워질 터였다. 휜터르가 화장실에서 돌아왔다. 멀찍이 환하게 불이 밝혀진 고속 도로 휴게소 비슷한 화장실이 보였다. 아이의 아랫입술에 치약이 아직 남아 있었다.

"안녕히 주무세요, 고모부."

"잘 자라, 휜터르."

"내일 아침에도 여기 있을 거예요?"

---

* 프랑스어. 샤를 보들레르의 시 「취하라」의 한 구절.

"그래, 고모부도 여기서 잘 거야. 네 침대 바로 위에서." 에드바르트가 침대를 손가락으로 가리켰다.

"모리스랑 뤼트 고모도요?"

"아니, 고모랑 아기는 안 와. 집에서 잘 거야."

아이는 그 대답이 만족스러운지 고개를 끄덕끄덕했다.

에드바르트는 잔을 마저 비우고 말했다. "나도 그만 자야겠어." 하늘이 도시의 불빛으로 번쩍거렸고 큰불이 난 것처럼 주홍빛으로 일렁거렸다. 그는 말은 그렇게 했지만 그냥 앉아 있었다. 프리소가 잔에 다시 술을 따랐다.

"내가 다 망쳐버렸어." 에드바르트가 중얼거렸다. 그가 결코 마치지 못한 편지의 첫 문장이었다. 프리소는 아무 말도 하지 않았다. 에드바르트는 섣불리 말을 꺼내지 않는 그에게 처음으로 호감을 느꼈다. 아마 프리소는 다 잃는다는 게 뭔지 알기 때문이리라.

모기들과 악령들이 들끓는 밤이었다. 그는 빨리 아침을 맞고 싶었다. 새벽 세 시 반에 그는 침대 사다리를 타고 내려와 코를 골며 자는 처남을 흔들어 깨웠다. 그는 결국 동이 틀 무렵에 잠이 들었다.

그는 날카롭게 쏟아지는 아침 햇살을 받으며 인스턴트커피를 마셨다. 이른 아침 바깥공기를 쐬는 게 얼마나 상쾌하고 기분 좋은지 그동안 잊고 있었다. 이슬을 머금고 반짝이는 풀잎 사이로 조그마한 거미들이 거미줄을 짜놓았다.

잠시 후 그는 두루마리 화장지를 챙겨 들고 진짜 캠핑족처럼 느긋한 발걸음으로 화장실에 갔다. 하루가 그의 앞에 잔잔한 물처럼 펼쳐져 있었다. 오후에 강의가 하나 있을 뿐 다른 일정은 전혀 없었다. 여름 방학 전 마지막 강의였다. 그 정도야 에드에게 누워서 떡 먹기였지만 반드시 아무 일 없는 것처럼 보여야 할 터였다. 이제 그는 분수대 근처에서 양치질을 하는 노숙자와 다름없었으니까.

그날 오후, 에드바르트는 캠핑장 사무소에서 자전거를 빌려서 디 아우토프De Uithof 캠퍼스*로 갔다. 자전거 통행용 터널 위로 광대한 고속 도로망이 복잡하게 얽히고설켜 있었다. 마지막으로 자전거를 탔던 때가 언제인지 기억조차 나지 않았다. 그의 왼쪽에 있는 공원에서 신선한 공기가 물씬 느껴졌다. 무성한 녹음에 둘러싸인 묘지를 지나가다가 문득 열여섯 살 때 키웠던 암탉이 생각났다. 마을 밖 양계장에서 노란 햇병아리

---

* 위트레흐트 대학교의 캠퍼스는 크게 두 곳으로 나뉜다. 인문학부와 법학부는 위트레흐트 도심 지역에 있으며, 의학부 등 나머지 5개 학부는 도시 외곽의 신식 캠퍼스인 디 아우토프(De Uithof)에 있다.

때 집으로 데려와 기른 녀석이었다. 양계장 주인은 그가 병아리를 가져가거나 말거나 무심했다. 어차피 그 병아리가 어떻게 될지 알고 있었기 때문이리라. 에드바르트는 자기 집 뒷마당에서 몇 마리 키우는 당닭들과 함께 그 암평아리를 잘 키워보고 싶었다. 암평아리는 머지않아 살집이 많고 거의 움직임이 없는 소극적인 영계가 되었다. 이 영계는 덩치가 훨씬 컸는데도 작고 공격적인 당닭 암컷들을 당해내지 못했다. 그 암탉들은 영계를 쫓느라 마당을 휘젓고 다녔고 부리로 흰 깃털을 마구 뽑으면서 괴롭혔다. 에드바르트는 그 닭을 다른 닭들의 공격에서 지켜줄 수 없었기 때문에 이중의 패배를 지켜보는 기분이 들었다. 스스로를 지킬 수 없는 어린 암탉의 패배이자 그 자신의 패배를. 그는 그 암평아리에게 잘해주고 싶었을 뿐인데 결과적으로는 확실한 실패를 맛보았다. 원래 그런 식용 닭은 부화된 지 6주 만에 도축당하는 운명이라서 그런지 모르지만, 어린 암탉은 그 생활을 체념하고 받아들이는 것 같기도 했다. 그는 그토록 수동적이고 이상하게 생겨먹은 암탉이 미웠고, 암탉을 미워하는 자신이 부끄러웠다.

그가 대학에 입학한 지 얼마 안 됐을 때 그 닭이 죽었던 것 같다. 그는 아버지 어머니가 죽은 닭을 어떻게 했는지 몰랐고, 자기가 닭을 데려와 키웠다는 사실조차 이날 이때까지 까맣게 잊고 있었다. 그러다가 지금 문득 그 기억이 생생하게 떠올랐다. 그는 뤼트와 논쟁을 벌이곤 했을 때——그녀가 그를 무감각한 사람으로 매도할 때——왜 그 닭이 단 한 번도 떠오르지 않았는지 알 수 없었다. 그의 개인사의 면면들이 하나로 합쳐져 의미 있고 일관된 하나의 생이 되기를 원치 않았던 모양이다.

강의실은 겨우 반이나 찼을까. 여름 방학이 코앞이었다. 창들은 열려 있었다. 발소리가 잦아들고 학생들이 잠잠해지자 그는 강의를 시작했다. "예전에 나는 하얀 영계를 한 마리 키웠습니다. 병아리 부화장에서 태어나 따뜻한 양계장에서 다른 병아리 수천 마리와 함께 성장하던 녀석이었는데요. 물론 여기서 말하는 '성장'은 여러분이 어릴 적에 겪었던 점진적인 세포 분열의 과정과 상당히 다른 의미입니다. 일단, 여러분의 성장은 20여 년에 걸쳐 이루어지잖아요. 하지만 웬걸요, 식용 닭은 고영양 사료와 항생제를 기본으로 섭취하면서 눈 깜짝할 사이에 덩치를 불립니다. 몇 그램 될까 말까 하던 놈들이 5~6주 만에 2.5킬로그램이 되니 올림픽 신기록이 대수겠습니까! 여러분이 부모도 없이, 할아버지 할머니도 없이, 삼촌이나 이모 없이, 여러분 또래들만 우글대는 환경에서 자란다고 상상해보세요……. 어느 방향으로 고개를 돌려도 여러분 세대 이외의 사람은 한 명도 없습니다. 젊은 사람들만 모이는 페스티벌 비슷할까요……."

웃음소리, 환호하는 소리.

"나는 그 녀석을 양계장에서 발견했습니다. 포동포동 살을 찌우다가 6주 만에 두꺼운 닭똥 더미 위에서 모가지가 날아갈 내 병아리……."

"롤런즈Lowlands*!" 뒤쪽에 앉아 있던 한 남학생이 냅다 소리를 질렀다.

계단식 강의실 여기저기서 웃음이 터졌다.

"나는 그 녀석을 곧바로 얻어 왔습니다." 에드바르트의 말이 이어졌다. "왠지는 모르지만 그 닭을 구해주겠다고 결심했던 겁니다." 그는 안경테 위쪽 너머로 강의실 전체를 바라보았다. "만약 내가 닭의 언어를 구사해서 그 녀석에게 '엄마'가 뭔지 설명했다고 해도 녀석은 그게 무슨 뜻인지 이해하지 못했을 겁니다. 그 닭의 세계 속에는 '엄마'에 해당하는 실체가 아예 없었으니까요. 나는 그 닭을 양계장에서 데려와, 원래 우리 집 마당에서 키우던 다른 닭들과 함께 키워보려 했습니다. 그때만 해도 양계장에서 자란 식용 닭은 그런 닭들과 같이 살지 못한다는 걸 몰랐거든요. 우리 집 마당에서 키우던 닭들은, 뭐랄까, 닭으로서 사회화된 녀석들이었지요." 그는 두 손을 허공에 들

---

* 네덜란드에서 1993년부터 매년 여름에 열리는 야외 록 음악 페스티벌.

었다. "자, 그리하여 나의 '이상주의'는 내 닭의 불행한 삶을 더욱더 불행하게 만들고 말았습니다. 그리고 나는 그 삶이 참을 수 없는 수준 이상으로 연장되는 것도 지켜보았습니다……"

그는 잠시 말을 멈추고 이마의 땀을 닦았다. "중요한 건요, 여러분에게 내가 '불행한'이라는 표현을 썼다는 겁니다. 이미 말했듯이 내 닭은 불행했습니다. 내 닭은 닭들끼리 어울려 사는 법을 몰랐습니다. 다른 닭들은 닭으로서 산다는 게 뭔지 알고 있었는데 말입니다. 이 바닥에서 동물의 감정에 대해 논의하는 것은 통상적인 일이 아니지요. 우리는 동물이 감정을 느낄지도 모른다는 걸 강하게 부정하지는 않지만 그렇다고 그걸 강하게 인식하며 살아가지도 않습니다. 우리는 편리하게 양쪽의 중간쯤으로 도피합니다. 내 아내는 이것이 도덕적 해이를 의미한다고 생각하지요."

아직도 성실하게 필기하고 있는 몇몇 학생들이 눈에 들어왔다. 감동적인 열의로군. 그의 생각이 흐트러지기 시작했다. 이제 그의 닭 이야기에서 강의 주제——H5N1의 매개 변수들과 이 바이러스가 '공기 전염'되는 조건들——로 어떻게 넘어가야 하는지 그 자신도 알 수 없었다.

"오늘 오후에," 그는 눈을 감고 말했다. "여기까지 자전거를 타고 오는 동안 내 닭이 생각났습니다. 30년…… 아니 35년 만에 처음이었지요. 내가 잠시 동안이나마 그 녀석을 정말로 사랑했다는 것을 깨닫고 나도 놀랐습니다. 사랑이 뭐하다면……
어쨌거나 연민 비슷한 감정을 느꼈던 것은 분명합니다. 사실,
나는 이제 동물을 피둥피둥 살찌우는 기업식 사육장에 들어갈
때마다 이 생각밖에 안 듭니다. 빨리 여기서 나가고 싶다는 생
각 말입니다. 그런 데 들어가면 암모니아 가스가 눈이 따가울
정도로 올라옵니다. 아예 숨을 쉴 수가 없어요. 솔직히 말하자
면 그런 환경에서 나고, 자라고, 죽는 동물들은 거의 생각도 안
납니다. 그냥, 빨리 여기서 나가서 나부터 살고 봐야겠다는 생
각밖에 안 들어요. 그런 의미에서, 내가 오늘 오후에 하고 싶은
말은, 나는 닭을 구하고 싶었던 소년과 다르다는 겁니다. 그 소
년과 나는…… 아예 다른 사람이에요."

그는 단상 가장자리를 손으로 움켜잡았다.

"그 사이에 무슨 일이 일어났던 게지요……. 뭔가 돌이킬 수
없는 일. 우리는 늙어가면서, 안타깝게도…… 어떤 종류의
감수성을 잃어가는 것이 사실입니다. 수용기가 무뎌집니다. 그
래서 사람들은 늙는 걸 참을 수가 없게 되지요. 왜냐하면 무
뎌진 사람도 어쩌다 문득 심장이 있다는 게 어떤 건지 기억은
나거든요……. 심장이 있으면 무모한 일도 저질러버릴 수 있
고, 위대한 일을 할 수도 있고, 자신을 그냥 놓아버릴 수도 있
고, 이 땅에 있는 모든 생명의 일부라는 느낌을 가질 수도 있
습니다……."

그는 고개를 들었다. 가장 마지막까지 필기를 하던 볼펜들도 이제 멈춰 있었다.

"내가 너무 샛길로 빠졌나요?" 그는 안경을 벗고 바지에서 삐져 나온 셔츠 자락으로 안경알을 닦았다. 그는 꼼꼼하게 유리알 표면을 문지르면서 말을 이었다. "심장은 여러분을 행복하게도 하고 불행하게도 합니다. 여러분을 한 마리 닭에 불과한 것과 이어줄 수도 있어요……. 그래요, 그냥 닭입니다. 하얀 닭." 그는 두 손을 들어 닭 한 마리 크기를 학생들에게 보여주었다. 그러고는 잠시 후에 이렇게 덧붙였다. "내가 하고 싶은 말에 딱 맞는 신경과학 용어가 있는데요. 아네스테지아 돌로로사Anesthesia dolorosa…… '무감각 통증'이라는 뜻입니다."

그는 눈으로 강의실을 쭉 훑었다. 눈앞이 뿌옇게 흐려졌다.

"자, 이걸로 나의 도입부는…… 그래요."

그는 다리를 접은 안경을 자기 앞에 있던 종이 위에 내려놓았다. 교회 안에서처럼 살그머니 움직이는 발소리, 속닥거리는 말소리가 들렸다. 팔을 들어 눈을 닦아봐야 소용없었다. 눈물은 쉴 새 없이 흘러나왔다. 그는 소리를 내지 않으려고 필사적으로 노력했지만 코를 훌쩍거리면서 킁 소리를 내지 않을 도리가 없었다. 강의실을 빠져나가는 학생들이 희미한 실루엣으로 보였다.

"선생님?" 한 여학생이 물었다. 그는 손사래를 쳤다. 강의실은 금세 비었다. 학생 몇 명만 문간에 서서 단상에서 눈물을 철철 흘리는 사내를 지켜보다가 결국은 복도로 사라졌다. 그리고 여름을 만나러 갔다.

나의 아름답고 젊은 아내

초판 1쇄 발행 2018년 9월 17일

원작 EEN MOOIE JONGE VROUW
지은이 토미 비링하
옮긴이 이세진
발행인 도영

표지 디자인 신병근
내지 디자인 손은실
마케팅 김영란
발행처 그러나 (등록 2016-000257호)
주소 서울시 마포구 동교로 142, 5층(서교동)
전화 02) 909-5517 Fax 0505) 300-9348 이메일 anemone70@hanmail.net

ISBN 978-89-98120-50-4 03850